무림오적 72

초판 1쇄 발행 2024년 11월 25일

지은이 ｜ 백야
발행인 ｜ 최원영
편집장 ｜ 이호준
편집디자인 ｜ 박민솔
영업 ｜ 김민원 조은걸

펴낸곳 ｜ ㈜디앤씨미디어
등록 ｜ 2002년 4월 25일 제20-260호
주소 ｜ 서울시 구로구 디지털로32길 30 코오롱디지털타워빌란트 1301-1308호
전화 ｜ 02-333-2513(대표)
팩시밀리 ｜ 02-333-2514
E-mail ｜ papy_dnc@dncmedia.co.kr
블로그 ｜ blog.naver.com/gnpdl7

ISBN 978-89-267-8990-2 04810
ISBN 978-89-267-3458-2 (SET)

※ 저자와 협의하여 인지는 붙이지 않습니다.
※ 이 책은 ㈜디앤씨미디어(파피루스)가 저작권자와의 계약에 따라 발행한 것으로 본사와 저자의 허락 없이는 어떠한 형태나 수단으로도 내용을 이용할 수 없습니다.

백야 신무협 장편소설

PAPYRUS ORIENTAL FANTASY

72

무림오적

1장 화평장에서의 하루　7

2장 아팔월(八月)　43

3장 적의 침공을 막는 방법　73

4장 황계의 능력　103

5장 촉견폐일(蜀犬吠日)　139

6장 어차피 네놈은 죽어 있으니까　165

7장 고독(蠱毒)　189

8장 탈출(脫出)　223

9장 이독제독(以毒制毒))　247

10장 전면전(全面戰)　283

1장.
화평장에서의 하루

"글쎄다. 그게 사람이라면 그러겠지."
소자양은 눈을 감으며 말했다.
"하지만 가끔은 사람 탈을 쓴 괴물들이 있거든.
사람들 사이에. 그래서 나는 무섭다.
새로운 사람들,
특히 새로운 여자를 만나는 게 말이다."

화평장에서의 하루

1. 그날 밤

"하아."

야래향이 한숨을 쉬며 나무라듯 말했다.

"이건 애기도 아니고…… 너 어렸을 적에도 이렇게까지 짓궂게 굴지는 않았단다."

하지만 화군악은 전혀 달라지지 않았다. 그는 야래향이 질색하는 모습이 더 마음에 든다는 듯 찰싹 달라붙으며 응석을 피웠다.

"오래간만이잖아요, 사부. 정말 보고 싶어 죽는 줄 알았단 말이에요. 그래서 하룻밤만이라도 같이 자자는데, 그게 그렇게 나쁜 일인가요?"

왠지 말투조차 예전의 소독아(少毒兒)로 되돌아간 듯한 화군악이었다.

"남들이 보면 비웃겠다. 늙은 사부와 같은 방에서 자다니 말이다."

"제자가 사부와 같이 자겠다는데 누가 뭐라고 하겠어요? 설마 저를 남자로 생각하는 건 아니겠죠, 사부?"

"이런."

야래향은 재차 한숨을 내쉬었다.

그러나 화군악의 응석에 결국 마음을 연 것일까. 말로는 당해 낼 수 없다고 생각한 것일까. 아니면 밤새워 티격태격 다투다가 결국 잠 한숨 자지 못할 거라고 포기한 것일까.

야래향은 어쩔 도리가 없다는 듯이 침상 한편을 내줬다. 화군악은 부리나케 침상으로 뛰어올라 누웠다.

"덥지 않니?"

야래향의 목소리가 부드럽게 느껴지는 건 화군악의 착각이었을까.

"잠시만요."

화군악은 황급히 침상에서 내려가 창을 활짝 열었다. 한여름치고는 시원한 밤공기가 바람을 타고 흘러 들어왔다.

"됐어요, 이제."

화군악은 다시 야래향 곁에 누웠다.

야래향도 결국 포기하고는 눈을 감고 잠잘 준비를 했다.

그러나 곧 뭔가 이상하다는 생각에 눈을 떴다. 화군악이 한쪽 팔로 턱을 괸 채 자신을 지긋하게 내려다보고 있었다.

야래향의 얼굴이 살짝 붉어졌다.

"뭘 그리 보는 게냐?"

그녀의 퉁명한 어조에 화군악이 부드러운 미소를 지으며 말했다.

"우리 사부 참 곱다, 하고 보는 중이에요."

"곱기는."

야래향의 얼굴이 더욱 붉어졌다. 화군악은 여전히 그녀의 얼굴을 내려다보며 말했다.

"이렇게 곱디고운 사부가 다른 남정네에게 시집간다면, 정말 슬프고 우울할 거 같아요."

"시집은 누가 간다고 그러느냐?"

"하지만 또 마고가 저렇게 행복해하는 걸 보면 우리 사부도 제 짝을 만나서 잘 살기를 바라는 게 제대로 된 제자의 마음가짐이 아닐까 싶기도 하고요."

"아아."

야래향은 그제야 이해가 간다는 표정을 지으며 말했다.

"마고 때문에 그러는 게로구나. 걱정하지 말거라. 나는 그 누구에게도 시집갈 생각이 없으니까."

그렇게 말한 그녀는 문득 한쪽 눈을 찡긋거리며 소곤거렸다.

"무엇보다 나를 마누라로 삼겠다는 녀석이 내 옆에 있는데, 어찌 다른 남자 곁으로 가겠느냐?"

그녀의 말에 이번에는 화군악의 얼굴이 붉어졌다. 화군악은 억지로 웃으며 말했다.

"하하하. 어렸을 적 아무런 것도 모르던 꼬마 아이의 헛소리라고요. 그걸 아직도 기억하고 계시다니."

"헛소리라니. 내 평생 마음속 깊이 담아둔 몇 되지 않은 언약(言約) 중 하나였는데."

야래향이 실망스럽다는 듯이 풀 죽은 목소리로 말하자 화군악은 당황하여 어찌할 바를 몰라 했다.

야래향은 그런 화군악의 얼굴을 가만히 쳐다보다가 이내 빙긋 웃으며 어깨를 으쓱거렸다.

"농담이다. 그 어린 꼬마가 했던 말을 어찌 내가 가슴에 품고 있겠느냐?"

"그렇죠? 농담이시죠?"

화군악은 그제야 다행이라는 표정을 지으며 크게 한숨을 놓았다.

"이럴 때 보면 업보라는 게 있기는 있나 봐요. 어렸을 적에 별다른 뜻 없이 함부로 내뱉었던 말들이 이렇게 가슴 철렁하게 다가오니 말이에요."

"그러니 평소 행실이 올발라야 하는 게다. 뭐, 명색이 사마외도의 거마인 내가 할 말은 못 되지만 말이지."

"하하하. 그것도 그러네요."

수년 만의 해후가 반가웠던 것일까. 두 사제는 밤이 깊을 때까지 두런두런 이야기를 나누다가 잠들었다.

화군악이 깊은 잠에 빠진 듯 가볍게 코를 골기 시작할 즈음, 이번에는 외려 야래향이 턱을 괴고 그를 내려다보았다.

문득 처음 이 녀석을 만났을 때의 기억이 뇌리에 떠오르는가 싶더니 이내 그와 있었던 모든 일들이 주마등처럼 스치고 지나갔다.

그렇게 기억을 더듬던 야래향은 문득 저도 모르게 흐르는 눈물을 훔쳐야만 했다.

더러운 시장통에서 어떻게든 버티고 살아남고자 발버둥 치던 어린 개자식이 지금은 이렇게 훌륭한 청년으로 성장한 것이었다.

'그래, 그래야지.'

야래향은 가만히 고개를 숙여 화군악의 뺨에 조심스레 입을 맞췄다. 그러고는 몸을 돌려 누우며 눈을 감았다.

아무래도 오늘 밤 꿈속에는 그 거칠고 야만적이었던, 마치 들고양이 같았던 어린 꼬마 녀석이 나올 것만 같았다.

* * *

"여자는 요물이더라."

문득 소자양이 그런 말을 내뱉었다.

담호는 의아한 표정을 지으며 옆 침상을 돌아보았다. 소자양은 팔짱을 베개 삼아 낀 채 천장을 올려다보며 중얼거렸다.

"너도 정말 조심해야 한다. 나보다 더 여난(女難)이 있을 것 같으니까."

"그게 도대체 무슨 말씀이세요?"

담호는 궁금하다는 듯이 물었다.

"우리와 헤어져 있는 동안 무슨 일이 있었던 건가요?"

물론 담호는 아란과 소자양의 관계에 대해서 전혀 알지 못했고, 또 설마 부친들의 누이동생 뻘인 그녀가 소자양에게 무슨 짓을 했을 거라고는 상상조차 하지 못했다.

소자양도 차마 그런 속사정을 모두 이야기할 수가 없었다. 그저 애꿎은 한숨만 내쉬며 뜬구름 잡듯이 말할 수밖에 없는 상황이었다.

"그냥 그렇게 알아라. 여복(女福)과 여난은 그 얼굴만 다른 한 몸이라는 사실을 말이다. 그리고 세상 모든 여자는 우리와는 달리 다 엉큼하고 흉악한 속내를 지니고 있으니, 몇 번이고 주위하고 경계해도 모자라지 않다는 걸 말이지."

담호는 재차 무슨 일이 있었는지 물어보려다가 입을 다물었다. 굳이 말하기를 꺼리는 소자양에게 괜한 부담만 줄 것 같아서였다.

담호는 잠시 그를 돌아보다가 몸을 돌려 천장을 올려다보며 입을 열었다.

"잘은 모르겠지만 말이에요. 그래도 제가 정성을 다하고 진심으로 대한다면 상대방도 그렇게 하지 않을까 싶어요. 그게 여자든 남자든 말이에요."

"글쎄다. 그게 사람이라면 그러겠지."

소자양은 눈을 감으며 말했다.

"하지만 가끔은 사람 탈을 쓴 괴물들이 있거든. 사람들 사이에. 그래서 나는 무섭다. 새로운 사람들, 특히 새로운 여자를 만나는 게 말이다."

도대체 형님에게 무슨 일이 있었던 걸까.

담호는 천장을 올려다보며 궁금해했다. 하지만 소자양이 언제고 직접 털어놓을 때까지는 먼저 물어보지 않겠다고 마음먹으면서 그는 눈을 감았다.

이미 밤이 늦은 시각이었다.

2. 다음 날 아침

당운보를 필두로 사람들이 하나둘씩 대청으로 모여들었다.

당운보에게 달려가 한바탕 애정 공세를 펼쳤던 빙혼마고는 곧바로 주방으로 들어가 만든 음식들을 내왔다.

강만리도 한숨을 쉬며 자리에서 일어나 그녀를 도왔다. 음식을 나르느라 주방과 대청을 오가면서 그녀가 쉬지 않고 방긋방긋 웃는 모습을 보고는 강만리가 소곤거렸다.

"정말 행복하신가 봅니다."

빙혼마고는 웃으며 말했다.

"자네는 신혼 때 행복하지 않았나?"

"그야……."

"언제 식을지는 모르겠지만 신혼은 다 그런 법일세. 나이가 많든 적든 말이지."

빙혼마고는 한쪽 눈을 찡긋거린 후 둔부를 살랑살랑 흔들며 대청으로 걸어 나갔다. 강만리는 못 볼 걸 보았다는 듯 황급히 시선을 피했다.

물론 겉으로 보면야 빙혼마고는 아직도 사십 대 중반 정도의 요염하고 육감적인 몸매를 지니고 있었다. 그녀의 눈웃음은 매혹적이었고, 행동 하나하나는 뇌쇄적이었다.

하지만 강만리에게 있어서 빙혼마고나 야래향은 어머니와 다르지 않은 존재였다. 만약 자신의 어머니가 새로 혼인하여 저렇게 엉덩이를 씰룩거리며 걷는다면…….

'아아, 생각조차 하지 말자.'

강만리는 인상을 찡그린 채 대청으로 나갔다.

"와아, 이게 다 마고께서 준비하신 겁니까?"

"대부인의 음식 솜씨가 이렇게 좋을 줄 미처 몰랐습니다."

사람들의 잇다른 칭찬에 당운보의 입꼬리가 한껏 올라갔다. 그는 껄껄 웃으며 마치 자신이 이 화평장의 주인이라도 된 것처럼 사람들에게 말했다.

"차린 건 별것 없지만 많이들 드시게."

강만리는 이번에도 한숨을 내쉬며 엉덩이를 긁적였다. 그러다가 문득 주위를 둘러보며 의아한 표정을 지었다.

대청 탁자에는 야래향과 화군악, 담호와 소자양, 담우천과 장예추, 그리고 빙혼마고와 당운보 모두 모여 앉아 있었는데 오직 한 사람, 석정의 모습이 보이지 않았다.

"석정 그 녀석은 아직도 자나? 왜 아침 먹는데 내려오지를 않아? 어? 그리고 보니 당 숙부의 시종도 보이지 않네요? 두 사람 어디 갔습니까?"

강만리의 말에 일순 당운보의 얼굴빛이 변했다. 빙혼마고가 한숨을 쉬며 입을 열었다.

"사실 아직 석정의 상태가 불완전하다네."

"불완전이요?"

그녀의 말에 사람들은 식사를 멈추고 고개를 돌렸다. 사람들의 시선을 한 몸에 받게 된 빙혼마고가 난감한 표정을 지으며 재차 입을 열려고 할 때, 당운보가 손을 들어 그녀를 제지하며 대신 이야기를 꺼냈다.

"다들 알다시피 석정은 지금 독인이 된 상태라오. 독인이라는 게 얼마나 위험한 존재인지는 며칠 전 무천산에서 다들 보았을 것이오. 손톱과 치아, 침은 물론 심지어 호흡마저 독기가 묻어나니까 말이오."

일순 사람들의 얼굴이 딱딱하게 굳어졌다.

독인이라는 건 그런 존재였다. 원치 않아도 독을 뿌리고 독기를 흘려 보내서 주위의 모든 것을 중독시키는 존재. 즉, 독인의 곁에 머무는 건 언제든지 중독될 수 있다는 위험이 존재한다는 뜻이었다.

"그래서 아침에 한 번, 저녁에 한 번 그 독성을 중화하는 작업을 반드시 해야만 하오. 그래야만 그가 곁에 있어도 우리에게 별다른 피해를 주지 않으니 말이오. 마천(瑪泉)과 석정의 모습이 보이지 않는 건 바로 그 때문이라오."

당운보의 말이 끝나자 대청 안이 조용해졌다. 대청에 모인 사람들은 다들 저마다의 생각에 잠긴 채 신중하고 진지한 표정들을 짓고 있었다.

"으음."

강만리가 엉덩이를 긁적이며 입을 열었다.

"그렇다면 석정은 평생 그렇게 독성을 중화하면서 살아야 합니까?"

"그건 아닐세."

당운보가 고개를 저으며 말했다.

"일전에도 한 번 말했던 것 같은데, 독인의 상태에서 조금 더 발전하게 되면 독왕의 경지에 오르게 되네. 독왕부터는 스스로 독기를 제어하게 되고, 자유자재로 독을 사용할 수 있게 되지. 그런 경지에 이를 때까지가 힘든 게고, 또 조금 전 내 내자가 불완전하다는 말로 석정의 상태를 표현한 게 그런 이유라네."

확실히 들은 바가 있었다.

독중지체가 되어서 독왕이나 독성 등의 경지에 이른다면 그때는 독인의 모든 단점이 사라지고 장점만 남는다고 했다.

과연 그 경지에 오르자면 얼마나 많은 시간과 또 얼마나 많은 것들이 필요할까.

아무도 알 수 없었다.

그런 생각에 강만리는 물론 대청에 모인 모든 이들의 마음은 답답해졌고, 얼굴은 심각하게 굳어졌다.

바로 그때였다.
"제가 늦었죠, 대장!"
활달하고 밝은 목소리가 계단 저 위쪽에서 들려왔다. 석정의 목소리였다.

* * *

마천은 열다섯 어린 나이였지만 아장아장 걷기 시작할 때부터 당운보의 곁에서 시동 노릇을 해 온 노수(老手)였다.
이제는 당운보를 대신하여 독을 제조하기도 하고, 해독약을 스스로 만들 줄도 아는 그야말로 독에 관해서는 누구에게도 뒤지지 않는 실력을 지닌 소년이었다.
매일 아침저녁으로 석정의 독을 중화하는 것 역시 마천의 역할 중 하나였다.
"미안하구나, 마천."
석정은 부드러운 손길로 자신의 전신을 정성스레 닦아주는 마천에게 말했다.
마천은 독기 뚝뚝 묻어나는 삼베를 조그만 약 항아리에 담갔다. 항아리에는 석정의 독기를 중화하는 약물이 담겨 있었는데, 항아리 속의 약물에 헹궈진 삼베는 다시 원래의 색깔로 되돌아왔다.

마천은 다시 삼베로 석정의 벌거벗은 등을 닦으며 말했다.
 "늘 해 오던 건데요, 뭐. 새삼스레 그렇게 사과하실 거 없어요. 저도 좋아서 하는 일이니까요."
 "하지만 내 독기 때문에 네 몸이 성치 않게 되니까."
 "그래서 미리 해독약도 복용하고 이렇게 사슴 장갑을 끼고 있잖아요?"
 "그래도 독종주께서 말씀하시기를 오랫동안 내 곁에 머물러 있다 보면 알게 모르게 독기가 스며들어 불치(不治)의 병을 얻을 수 있다잖아?"
 "괜찮아요. 애당초 그 정도 각오도 하지 않고서 어찌 독종주의 시종이 될 수 있었겠어요? 자, 이제 다 되었어요."
 마천은 석정의 등을 닦느라 새까맣게 물든 삼베를 약항아리에 담그며 활짝 웃었다.
 "어서 옷을 갈아입고 내려가세요. 어르신들이 기다리고 계실 겁니다."
 "정말 고마워. 내 이 은혜는 반드시 갚을게."
 "자꾸 그렇게 남 대하듯 말씀하시면 정말 화낼 겁니다. 석정 형님은 그 대장이라는 분에게도 은혜, 은혜 하면서 반드시 갚는다고 말씀하세요?"
 "아, 그건 아니지. 대장과 나는 형제 같은 사이이니까."

"거봐요. 형님과 제가 알게 된 지도 벌써 사오 년 가까이 흘렀잖아요? 슬슬 이제 우리도 형제처럼 지낼 수 있지 않겠어요?"

"고, 고맙다, 마천."

"헤헤. 그럼 얼른 옷이나 갈아입으세요."

마천의 재촉에 석정은 황급히 옷을 갈아입은 다음 서둘러 방을 빠져나갔다. 우당탕탕 소리와 함께 계단을 내려가는 석정의 입에서 "제가 늦었죠, 대장!" 하는 목소리가 유난히 밝게 들려왔다.

방에 홀로 남은 마천은 길게 한숨을 내쉬며 사슴 장갑을 벗었다.

피독(避毒)과 방독(防毒)에 탁월한 효과가 있는 녹피(鹿皮) 장갑이었지만, 저 독인의 독기마저 막아 내지는 못한 모양이었다. 장갑을 벗은 어린 소년의 손은 은연중에 스며든 독기로 검게 변해 있었다.

마천은 약 항아리에 제 손을 담그며 구결을 읊었다.

몸속으로 스며든 독을 안정화하고 한곳으로 모아 두는 심결(心訣)이었다. 독종가(毒宗家)에서 일하는 자라면 누구나 반드시 외우고 펼칠 줄 알아야 하는 심법의 구결이기도 했다.

이윽고 마천은 항아리에서 손을 뺐다. 언제 검은색에 물들었냐는 듯이 그의 손은 새하얗게, 마치 계집의 손처럼 반들거리고 있었다.

-나쁜 것만 있는 건 아니란다. 위험한 것만 있는 것도 아니란다. 제대로 기회를 살려서 몸속으로 침투한 독을 온전하게 제 것으로만 만들 수 있다면, 그때는 독인과는 또 다른 독공의 절대 고수가 될 수 있을 테니까.

독종주 당운보는 그렇게 말했다.

-네 경우에는 독을 흡입하거나 전신으로 침투되는 게 아니라 주로 손에 모이게 될 터, 내 가르침에 따르기만 하면 소수독마공(素手毒魔功)이라는 비전의 무공을 익힐 수도 있을 게야.

마천은 당운보의 가르침에 따라 구결을 외우고 심결을 익혔으며 심법을 운용했다.
그는 하루에 두 차례씩, 석정의 몸을 닦아 내며 물든 독기와 약 항아리에 버려진 독기를 이용하여 그 소수독마공의 심결을 익혔다.
그렇게 수년의 세월이 흐른 지금, 이제 그의 손은 뼈가 보일 정도로 투명하게 변했다.
마천은 그렇게 변한 제 손을 가만히 내려다보다가 새로

꺼낸 사슴 장갑을 꼈다.

그제야 한결 마음이 놓였다.

당문 특유의 특수한 약물을 바른 이 사슴 장갑이라면 언제든지 독을 막을 수도 있고, 만에 하나 저도 모르게 독을 발출하게 되는 상황을 미연에 방지할 수도 있었으니까.

3. 내 잘못이다

식사 시간은 매우 즐겁고 유쾌했으며 떠들썩했다.

오래간만에 모인 자리였다. 서로의 안부를 묻고 근황에 관해 이야기를 나누는 것만으로도 한 시진이 훌쩍 지나갔다.

빙혼마고는 특히 강만리의 제자인 소자양에게 많은 관심을 보였다.

그가 축융문의 소문주라는 신분 때문만은 아니었다. 뭔가 그녀의 시야에 남들이 보지 못하는 게 들어온 모양이었다.

"그래. 아란이 순순히 놓아줄 리는 없을 테고, 도대체 무슨 일이 있었던 게냐?"

"아니, 좋게 헤어졌다면 아란도 따라왔을 게다. 아무리 아란이 엉덩이에 뿔이 난 계집이라고는 하더라도 그 정도 책임감은 있을 테니까. 하지만 결국 너 혼자 오지 않았느냐? 분명 네 말과는 달리 무슨 일이 있었던 게 분명할 것이야."

"아무 일도 없다고 말한다고 해서 아무 일도 없었던 건 아니다. 만약 기억에서 지울 필요가 있는 일이 있었다면 혼자 속으로 앓는 것보다 주변 사람들에게 알려서 도움을 받는 게 낫다."

"그래. 어디 속 시원하게 말해 보려무나. 이곳에 있는 사람들 모두 네 편이고 네 가족이고 네 사람들이니까."

거듭 이어지는 그녀의 채근에 결국 소자양은 눈물을 흘리며 아란과 있었던 일들에 대해서 늘어놓았다.

전혀 예상하지 못했던 그의 발언에 사람들이 놀란 표정을 지을 때, 침착한 표정으로 듣고 있던 강만리의 주먹이 부르르 떨렸다.

"그래서…… 살고자 도망쳤습니다. 죄송합니다."

소자양은 굵은 눈물을 뚝뚝 흘리며 말했다.

빙혼마고가 자리에서 일어나 그의 옆으로 다가가 어깨를 다독였다.

"죄송할 게 어디 있다고 네가 사과하느냐? 아니다. 잘못은 아란 그 계집이 저질렀고, 사과는 마땅히 그녀가 해야 할 일이다. 너는 하나도 잘못한 게 없다."

"마고 말씀이 맞다. 너는 잘못한 게 없어. 그 음탕한 년이 문제지. 세상에! 어떻게 믿고 맡겼던 제 조카뻘 되는 아이에게 그런 짓을……."

화군악이 어이없어하며 분을 터뜨렸다.

"걱정하지 마라. 이 사숙이 반드시 그년을 잡아다가 네 앞에 무릎 꿇게 만들어 주마."

"됐다."

강만리가 무뚝뚝하게 말했다.

"하지만 형님."

"아니, 그건 네가 할 일이 아니다. 오롯하게 자양이 해야 할 일이니 너무 깊게 관여하지 않아도 된다."

"하지만 형님."

"나는 제 똥오줌 하나 제대로 가릴 줄 모르는 녀석을 제자로 받아들인 적 없다. 내 제자라면 스스로 알아서 해결할 수 있을 것이다."

강만리의 냉정한 말에 화군악은 더는 항변하지 못했다.

그때 갑자기 강만리가 자리에서 일어나며 소자양에게 두 손을 모으고 고개를 숙였다.

"미안하다."

일순 사람들이 깜짝 놀랐다. 제자에게 저리도 정중하게 사과하는 사부라니.

끅끅거리며 애써 눈물을 참고 있던 소자양도 화들짝 놀라서 자리에서 벌떡 일어나 허리를 숙였다. 감히 앉은 자리에서 사부의 사과를 태연하게 받을 수는 없는 일이었다.
"내 잘못이다. 명색이 사부인 자가 제자에게 제대로 된 무공이나 세상 살아가는 방법에 대해서 가르쳐 주지 않은 죄가 매우 크다."
강만리는 허리를 숙인 채 말했다.
"바쁘다느니, '어련히 알아서 잘하겠지'라느니, 나보다는 군악이나 예추가 더 잘 가르칠 테니까 하는 식으로 사부 된 책임을 미루거나 남에게 떠넘긴 까닭에 네가 그런 봉변을 당한 것이다. 그리고 내가 사람 보는 눈이 부족한 바람에 아란 따위의 계집에게 널 맡겼던 것 역시 큰 죄라 할 수 있다."
"아, 아닙니다, 사부."
"아니다. 앞으로는 절대 내 할 일을 미루거나 남에게 맡기지 않으마. 내가 가르쳐 줄 수 있는 모든 건 네게 가르쳐 줄 것이다. 그리하여 네가 언제고 그 요망한 계집에게 잘못을 따지고, 책임을 묻게 만들 실력이 갖춰지도록 이 사부가 최선을 다하마."
강만리의 말에 소자양은 다시 굵은 눈물을 뚝뚝 흘리면서 그 자리에 무너지듯 엎드렸다.

"사부! 죄송합니다, 사부!"

소자양이 통곡하듯 외쳤다.

강만리는 그에게 다가가 일으켜 세우려다가 문득 고개를 돌려 담호와 눈을 마주쳤다. 담호가 움찔거리자 강만리가 눈짓을 건넸다.

담호는 황급히 고개를 끄덕인 후, 서둘러 소자양에게로 다가가 부축해 일으켜 세웠다.

강만리가 말했다.

"가서 안정될 때까지 쉬도록 해라. 담호가 곁에 있어 주고."

"네, 강 숙부."

담호는 소자양을 데리고 곧 이 층으로 올라갔다. 끅끅거리며 억지로 울음을 삼키는 소자양의 목소리가 한동안 계속해서 이어졌다.

"휴우."

강만리는 긴 한숨을 내쉬며 자리에 앉았다. 빙혼마고도 제자리로 돌아가 앉으며 입을 열었다.

"저 아이의 마음, 누구보다도 내가 가장 잘 알고 있지."

화군악이 고개를 갸웃거렸다.

"사내자식의 마음을 어찌 마고께서 가장 잘 알 수 있습니까?"

"저런 과정을 겪으며 무너져 간 사내들의 모습을 아주

오랜 시간, 또 아주 많이 봐 왔으니까."

"그건……."

입을 열던 화군악은 문득 뭔가 생각이 떠오른 듯 황급히 입을 다물었다.

빙혼마고는 전설적인 여마(女魔)였다.

물론 그녀가 전설적인 여마이자 공적십이마 중 한 명이 되기까지는 빙혼마기(氷魂魔氣)라는 절대적인 마공이 크게 작용했지만, 무엇보다 세상 사람들이 그녀를 무섭고 두려워하게 된 건 역시 채양보음술(採陽補陰術) 때문이었다.

세상에 채양보음술을 익힌 여마는 많았으며, 반대로 채음보양술(採陰補陽術)을 익힌 마두도 많았다.

그러나 그중 가장 악랄하고 잔인한 술법의 소유자가 누구냐고 묻는다면, 열에 열 명 모두 빙혼마고를 가리킬 것이었다.

빙혼마고의 채양보음술은 그저 사내의 양기(陽氣)를 흡수하여 자신의 내공으로 만드는 것에 그치지 않았다.

상대방의 정신과 혼과 넋과 백(魄)까지 모두 제 것으로 만들어서, 죽어서도 죽지 못하고 이승을 떠돌며 빙혼마고를 애타게 갈구하는 귀신으로 만드는 게 바로 빙혼마고의 채양보음술이었다.

"설마 그럴 일이 있겠느냐? 심지어 나조차도 귀신을 직접 본 적이 없거늘."

빙혼마고는 껄껄껄 웃으며 말했다.

"그저 미칠 뿐이다. 서로 사랑하는 사이라고 생각했고 그래서 광분(狂奔)의 밤을 지새웠는데, 알고 보니 그저 자신의 양기만을 탐하는 여인임을 알게 되었을 때의 충격, 괴로움, 두려움 때문에 천천히 미쳐 갔을 뿐이다."

차마 새신부의 그런 이야기를 들을 수 없었던 것일까. 당운보는 시종 마천의 상태를 확인한다면서 이 층으로 올라간 후였다.

대청 탁자에는 야래향과 강만리, 담우천, 화군악, 장예추, 그리고 석정만이 남아서 빙혼마고의 이야기에 귀를 기울이고 있었다.

"처음에는 다들 끊임없는 쾌락과 한없이 이어지는 절정에 다들 기뻐하고 즐거워하고 행복해했지. 그러나 파정(破情)의 회수가 거듭될수록, 하루에 삼십 번 넘게 오십 번 넘게 사정(射精)하게 되면 더는 몸이 견딜 수가 없게 되는 게야."

화군악은 저도 모르게 몸을 부르르 떨었다.

하루에 오십 번 넘게 파정을 하다니. 그게 과연 가능한 일일까 싶었다.

만에 하나 그렇게까지 사정한다면 아무리 강골(强骨)의 육체를 지녔다고 하더라도 역시 빙혼마고의 말처럼 몸이

버틸 재간이 없었다.

"시뻘겋게 부은 거기에 입으로 바람만 후우 하고 불어도 견딜 수 없는 고통과 통증에 몸부림을 치게 되지. 아닐 것 같아? 사실이야. 약물과 색공(色功)에 의해 팽창된 그 자체만으로도 죽을 것 같은 고통을 맛봐야 하거든."

듣고 있던 사내들은 저도 모르게 침을 꿀꺽 삼켰다.

그녀의 말에 흥분을 느낀 게 아니었다. 외려 사내들의 아랫도리는 누에고치처럼 한없이 쪼그라들어 있었다.

"처음에는 그렇게 몸이 망가지지만, 하루가 지나고 열흘이 지나게 되면 마음이 무너지고 머리가 망가지게 되거든. 눈에서 빛이 사라지기 시작하지. 그런 다음에는 이성을 잃고 이지가 지워진 채 그저 제발 죽여 달라고 애원하는 게 전부이게 돼. 피가 뚝뚝 떨어지는 아랫도리만 한껏 팽창시킨 채로 말이야."

"아아."

화군악이 고개를 설레설레 저었다.

"정말 말만 들어도 지옥 같습니다. 솔직히 말씀드려서 저는 외려 좋지 않나 했거든요. 그토록 마음껏 아름다운 여인과 잠자리를 가져서 말입니다."

"원하느냐 원치 않느냐의 차이는 생각보다 엄청나게 크단다."

빙혼마고는 싱긋 웃으면서 말했다.

"성적인 수치심이 여인들에게만 있는 건 아니니까. 외려 사내들이 더 큰 마음의 충격과 정신적인 타격을 입거든. 사내인 내가 한갓 계집 따위에게 당하다니 하는 정신적인 수모와 수치심, 게다가 세상 사람 그 누구에게도 절대 말할 수 없는 고통."

거기까지 말한 그녀는 힐끗 위층을 쳐다보면서 나지막한 목소리로 말을 이었다.

"그런 면에서 보자면 자양은 꽤 굳건하고 강인한 정신력을 지니고 있더구나. 무엇보다 제힘만으로 아란 그 계집에게서 빠져나와 탈출한 것만 보더라도, 또 그렇게 부끄럽고 수치스러운 이야기를 우리에게 고스란히 말해 준 것도 그렇고 말이지."

"제 제자입니다."

강만리가 무뚝뚝하게 말했다.

사실 지금까지의 대화는 어찌 보면 평범한 가족끼리는, 일반적인 상황에서는 절대 함께 나눌 수 없는 대화였다. 어쨌든 사부나 어머니와 비슷한 존재였으니까.

하지만 그들은 평범한 가족이 아니었고, 또 지금은 일반적인 상황도 아니었다. 서로 강호 무림인이라는 동등한 관계에서 채양보음술이나 채음보양술이 얼마나 무섭고 잔인한 술법인지 이야기를 나누는 것이었다.

"그러니 말이다."

빙혼마고가 문득 은근한 어조로 입을 열었다.

"아란이라는 계집이 그렇게 빠질 정도로 정력이 뛰어난 데다가 정신력마저 굳건하고 강인하다면……."

그녀의 말이 이어질 때 야래향이 불쑥 끼어들었다.

"그만해, 마고."

가만히 듣고 있던 강만리 역시 문득 불길한 예감이 들어 황급히 그녀의 입을 막으려 했다.

"거기까지만……."

하죠, 라는 말이 강만리의 입에서 흘러나오기도 전에 빙혼마고의 말이 이어졌다.

"어떠냐, 자양에게 채음보양술을 가르치는 건?"

"네?"

그녀의 엉뚱한 제안에 일순 화군악들의 눈이 휘둥그레졌다. 동시에 강만리의 얼굴이 일그러졌다. 확실히 불길한 예감은 언제나 틀리는 법이 없었다.

길게 한숨을 내쉰 강만리는 엉덩이를 긁적이며 말했다.

"제 제자는 제가 알아서 키우겠습니다, 마고."

"그러느냐?"

딱 부러진 강만리의 말에 빙혼마고는 아쉽다는 얼굴로 중얼거렸다.

"으음. 이것 참. 내 절기를 이어받을 최고의 인재라고 생각했는데 말이다."

화군악과 강만리는 질렸다는 표정으로 서로를 돌아보았다.

4. 새외팔천(塞外八天)

독(毒)을 다룬다고 해서 약(藥)을 모르는 건 아니었다. 외려 독을 다루기 때문에 누구보다도 약에 대해서 정통해야만 했다. 당연히 당운보와 시종 마천 역시 어지간한 의생 뺨치는 의술 실력을 지니고 있었다.

아침 식사가 끝난 후 그들은 부상자들의 상태를 확인하고 각자에게 맞는 약과 의술을 동원하여 치료하였다.

생각보다 큰 부상자는 없었다. 담우천의 내상이 약간 중할 뿐, 다른 이들은 그저 살갗이 찢어지고 베인 정도의 상처뿐이었다.

담호 또한 하룻밤 휴식 덕분인지, 아니면 타고난 체력 덕분인지 핼쑥하던 얼굴이 금세 원래의 상태로 돌아왔다. 그는 식사 후 곧바로 밖으로 달려 나가 며칠 동안 하지 못했던 수련을 시작했다.

그동안 강만리는 장예추와 함께 화평장을 둘러보았다. 십삼매의 노력 덕분에 화평장은 깨끗하게 복구되어 있었다.

"역시 이만한 수준의 방어진을 갖춘 장원은 또 없는 것 같다."

장원을 둘러본 강만리는 고개를 끄덕이며 흡족하다는 표정을 지었다.

"담 형님이 급하게 대충 손본 몇 가지 수단만으로도 저 백팔원로들 몇몇을 해치웠으니까, 만약 정상적으로 가동되기만 한다면 그 누구도 쉽게 침범할 수 없을 거야."

"헌원 노대가 애를 쓰셨죠. 혜혜와 제수씨에게 이것저것 조언을 청하면서요."

장예추의 말에 강만리는 엉덩이를 긁적이며 말했다.

"다시 이곳으로 돌아와야지. 북해빙궁도 나쁘지는 않지만 너무 추워서 말이야."

"가능하겠습니까?"

"설령 불가능하다고 할지라도 가능하게 만들어야 하지 않겠어?"

"그럼 앞으로의 계획은 어떻게 됩니까?"

"글쎄. 솔직히 말하자면 나도 잘 모르겠다."

강만리는 멋쩍은 표정으로 웃었다.

어쩌면 당연한 일이었다. 어제까지 강만리는 무천산의 담우천들을 구하기 위한 계획을 짜느라 모든 정신을 쏟아부었으니까. 앞으로의 일은 이제부터 구상해야 할 터였다.

나무 그늘 아래에 서서 잠시 장원을 둘러보던 강만리는 문득 손가락을 꼽으며 입을 열었다.

"우선 첫 번째로 생각해 볼 일은 역시 새외팔천의 준동에 관한 문제이겠지."

새외팔천은 수천 년 무림 역사 이래로 언제나 근심과 걱정을 안겨다 주는 세력이었다.

그들은 각자의 세력권에서 저마다의 무공과 무술을 익히고 수련하고 발전시켰다. 그들의 숙련도나 완성도는 강호의 그것에 비해 절대 뒤떨어지지 않았다.

물론 강호 무림인들이야 무공에 관한 한 대륙이 천하제일이라고 생각하지만, 가끔씩 대륙의 무공과 자신들의 실력을 견주기 위해 등장하는 새외의 무리에게 큰 곤욕을 치르고 낭패를 맛봐야만 했다.

가장 가까운 예(例)가 바로 검후(劍后)였다.

새외팔천 중 하나인 해남도에서 단신으로 모습을 드러낸 그녀는 곧 무림의 수많은 영웅호걸을 물리치며 무림십왕 중 한 명으로 등극했다.

몇몇 호사가들은 그 무림십왕 중에서 검후를 당해 낼 자가 없다고 주장했으며, 그 증거로 누구 하나 감히 검후에게 도전하는 이가 없었다는 사실을 내세우기도 했다.

새외팔천은 곧 대륙을 에워싸고 있는 변방의 여덟 세력을 뜻했다. 그중 하나가 해남이었으며 다른 하나가 여진이었다.

 그리고 지금쯤 만해거사가 도착해 있을 서장이 또 다른 한 곳이었으며, 과거 성길사한(成吉思汗)의 위엄이 전설처럼 내려오는 몽골이 새외팔천 중의 한 곳이었다.

 독과 야수, 독충으로 유명한 남만(南蠻) 또한 새외팔천 중의 한 곳이었다. 지금은 그 위세가 과거에 비해 상당히 줄어들었지만, 당운보가 이야기했던 그 독중지체가 남만에서 탄생했을 당시에는 대륙 전체가 벌벌 떨며 공포에 사로잡히기도 했었다.

 동쪽 바다 건너의 부상국(扶桑國) 역시 새외팔천 중의 하나였다. 그들의 검법은 기묘하고 괴이하여 쉽게 상대할 수 없었고, 특히 인자(忍者)라고 불리는 살수들의 능력은 강호 그 어떤 살수 집단에 견줘도 전혀 뒤떨어지지 않았다.

 대륙에서 가장 멀리 떨어진 천축(天竺) 역시 새외팔천 중의 한 곳이었다.

 사실 천축은 거리상으로는 전혀 위협이 될 것 같지 않은 곳이었으나, 그곳의 대뢰음사(大雷音寺)나 소뢰음사(小雷音寺) 중들이 생각보다 과격하고 호전적인 면면이 있어서 최소한 백 년에 한 번 정도로 무림을 침공하고 있었다.

 마지막 하나가 동이(東夷)라고 불리는 해동국(海東國)

이었다. 지금은 조선이라는 국명을 사용하는 나라였고, 평소에는 온건하고 온순한 민족이며 무공 또한 그리 발전하지 않은 곳이기도 했다.

하지만 대륙에게 위협이 되는 존재는 해동국이 아니었다. 해동국에 존재하는 몇몇 절대적인 기인들, 혹은 장백파(長白派)로 대변되는 몇몇 신비한 문파들. 즉, 바로 그들이야말로 새외팔천 중의 하나라고 할 수 있었다.

그들에게는 선도(仙道)라는 것이 있어서 그 기묘한 술법에는 무림의 고수들도 감히 대적할 수 없다고 알려져 있었다. 호랑이를 타고 다니면서 호풍환우(呼風喚雨)의 술법을 펼치는 도인들이 바로 해동의 모습이었다.

"거기에 북해빙궁까지 해서 가끔은 새외구천(塞外九天)이라고도 하지만 우선 북해빙궁은 제외하고."

강만리는 꼽았던 손가락을 다시 하나씩 풀며 말을 이어 나갔다.

"여진은 우리가 상대했으니 제외하고, 세상일에 초연하다고 알려진 해동이 끼어들 리는 만무하고, 부상국은 이제 막 내전(內戰)이 끝났다고 하니 그곳도 빼고."

"부상국 소식은 어찌 아셨습니까?"

"아, 황궁에 있었을 때 몇몇 보고를 들은 적이 있었네. 그때 나는 황태자를 대신하여 문무 관리들을 감독했잖나?"

"아아……."

"부상국 소식은 그때 들었지."

강만리는 어깨를 으쓱거리며 다시 화제를 돌렸다.

"그러니 몽골을 제외한다면 동쪽은 대부분 정리가 된 셈이지. 남은 건 서쪽 새외 세력들인데……."

해남은 확실히 개입할 것이다.

화군악의 말에 따르자면 해남의 진정한 주인이라고 할 수 있는 자하신녀문의 공주와 종리군의 관계가 예사롭지 않다고 했으니까.

남만도 개입할 가능성이 농후했다.

초라하게 축소된 자신들의 입지를 살리고 옛 영광을 드높이기 위해서라도 반드시 종리군과 손을 잡을 테니까.

서장은 확실했다. 강만리는 이미 종리군이 보냈던 서장의 라마승들과 조우한 적이 있었다. 당시 그들과 안면이 있고 친분이 있던 만해거사가 아니었더라면 꽤 곤욕을 치러야 했을지도 몰랐다.

천축이야 언제든지 기회가 된다면 쳐들어올 게 분명했다. 그들의 호전전인 성격이라면 종리군의 감언이설에 쉽게 현혹될 게 뻔한 일이었다.

"네 곳 모두 합류한다 치고, 몽골이 움직인다면 그건 좀 큰 타격이겠군그래."

사실 해남이나 남만이나 서장, 천축의 침공은 무공을

익힌 자와 강호 무림인들 간의 다툼이라 할 수 있었다.

그러나 여진이나 몽골은 달랐다. 그들은 개개인의 무공을 견주기 위해서 침범하지 않았다. 부족과 부족, 더 나아가서 나라 전체가 대륙을 정벌하기 위해 침공하는 것이었다.

"몽골 쪽은 역시 황궁에서 맡는 게 나을 것 같기도 하고."

강만리는 무심코 엉덩이를 긁으며 중얼거렸다.

"황궁에서 맡는다면 정치(政治)를 뜻하시는 겁니까?"

장예추의 물음에 강만리는 고개를 끄덕였다.

"그래. 저들이 몸을 일으키기 전에 먼저 사신(使臣)을 보낸 다음 그들을 치하하고 원하는 바를 들어주고 선물을 주는 거야. 정, 뭐하다면 공주 중 한 명을 보내 몽골을 부마국(駙馬國)으로 삼는 것도 한 방법이겠고."

"새 황제께서 동의하실까요?"

"동의하시겠지. 어차피 공주, 아니 이제는 장공주(長公主)라고 불러야 하나? 어쨌든 황제께는 나이 어린 여동생이 아직 많으니까. 그중 한 명을 몽골로 보낸다고 해서 뭐 문제 될 것도 없겠지."

"그럼 황궁에 있었을 때 그런 진언을 올리지 그러셨습니까?"

"이보라고. 내가 무슨 신기(神機)를 헤아리는 제갈량도 아니고."

 강만리는 눈살을 찌푸리며 말했다.

 "그때는 황궁 내부의 일에만 몰두하느라 그런 건 전혀 신경 쓸 수가 없었거든. 이렇게 한숨 돌리고 나니까 겨우 눈에 들어오는 거지."

 "글쎄요."

 강만리가 투덜거리자 장예추가 가만히 웃으며 말했다.

 "제가 보기에는 제갈량보다 나으면 낫지, 절대 뒤지지는 않을 것 같은데요."

 "아서라. 어디서 그런 소리 하면 나 맞아 죽을 거다."

 강만리가 짐짓 눈을 부라리며 말했다.

 "괜한 헛소리 그만하고. 황제께는 누구를 보내야 할지부터 논의하자꾸나."

2장.
팔월(八月)

'이건 나 혼자서만 고민할 일이 아니구나.'
천예무의 눈빛이 서늘하게 반짝였다.
상대는 더 이상 무림오적과 황계가 아니었다.
구파일방과 신주오대세가가 합류하는 것이다.
자칫 정사대전을 이어 무림전쟁이 발발할 수가 있었다.
"사대가문 가주들에게 총화(總和)의
이름으로 급보를 전하라.

팔월(八月)

1. 총화(總和)의 이름으로

팔월(八月)로 접어들면서 날씨는 한풀 꺾였다.

황제와 황후의 붕어로 대륙 전역에 내려졌던 백건백의령(白巾白衣令)도 해제되었다.

또한 석 달이나 뒤로 밀렸던 온갖 잔치들도 해금되어서 육순 잔치, 혼인 잔치 할 것 없이 대륙 전역이 축제와 잔치 행사로 들썩거렸다.

태극천맹의 개파식에 맞춰서 팔월 중순으로 연기되었던 건곤가와 금해가의 혼인식 또한 빠르게 준비 중이었다. 악양부는 축하하기 위해 찾아온, 그리고 구경하기 위해 몰려든 무림인들로 북새통을 이뤘다.

지금이라면 곧 새신랑이 되어야 할 건곤가주 천예무처럼 행복하고 즐거워해야 할 사내가 또 없었다.

그러나 정작 천예무는 며칠 전부터 좌불안석, 딱딱하게 굳은 표정으로 하루하루를 보내는 중이었다.

"아직도 소식이 없는 게냐?"

천예무는 총관을 향해 닦달했다. 총관은 사시나무 떨듯 떨면서 온몸을 조아린 채 대답했다.

"공적십이마 중 세 마두를 해치웠다는 보고 이후, 아가씨께서 보내온 소식은 아직 없습니다. 그래서 사흘 전 서둘러 본 가의 정예들을 사천으로 급파했습니다."

"사흘 전? 소식이 끊긴 지가 벌써 닷새가 넘게 지났는데 겨우 사흘 전에?"

"죄, 죄송합니다. 하루만 더, 하루만 더 기다려 보자고 하다가 그만……."

게다가 그녀의 주변에는 백팔원로와 백도의 노기인, 비선의 사자들, 심지어 무림십왕 중 일곱이나 있었다. 당연히 무슨 일이 발생하리라고는 전혀 예상할 수가 없었다.

물론 총관은 그런 말을 절대 입에 올릴 수 없었다. 지금은 그저 최대한 고개를 조아린 채 천예무의 분노가 가라앉기만을 기다리는 게 최선이었다.

천예무 또한 그런 속사정을 모를 리가 없었다. 애당초 백팔원로와 무림십왕, 그리고 비선을 사천으로 보낸다는 종리군의 계획을 받아들였던 게 천예무였으니까.

"좋아. 일이 성공한다면 내 여식도 한 단계 위를 바라볼 수 있겠군. 차기 태극천맹주 같은 자리 말이지."

종리군의 차분한 설명에 천예무는 기꺼워하며 그렇게 말했다. 그때만 하더라도 무림은 제 딸이, 황궁은 자신이 쥐고 세상에 군림할 꿈을 꾸던 그였다.

"총사는 지금 어디 있느냐? 왜 일이 이 지경이 되었는데도 코빼기도 보이지 않는 게냐?"

애꿎은 화가 이번에는 종리군에게 향했다. 총관은 고개를 숙인 채 답변했다.

"종리 총사는 급한 볼일이 생기셨다면서 약 열흘 전 서안으로 향하셨습니다. 아마 지금쯤이라면 그곳에 당도하셨을 겁니다."

"서안? 서안에는 왜?"

"그것까지는……."

총관이 말꼬리를 흐렸다.

종리군은 언제나 신비롭게 움직였다. 그가 오가는 건 오로지 그의 마음대로였다.

그가 무슨 생각을 하는지, 어떤 계획을 세워서 진행하는지는 심지어 천예무조차 알까 모를까 하는 마당에, 겨우 총관 정도 되는 자가 그런 종리군의 세세한 일들에 대해서 알 리가 만무했다.

"허어, 빌어먹을!"

점잖은 천예무의 입에서 욕설이 튀어나왔다. 총관은 더더욱 자세를 낮췄다.

그때였다. 월동문이 열리고 부관 한 명이 뛰어 들어왔다. 천예무의 눈에서 살기가 흘렀다.

"부르지도 않았는데 무슨 일이더냐!"

천예무의 호통에 안색이 창백해진 부관은 심장마비라도 걸린 것처럼 호흡조차 제대로 하지 못했다.

총관이 서둘러 그에게로 다가갔다. 부관은 부들부들 떨리는 손으로 쪽지 한 장을 총관에게 건넸다. 총관은 빠르게 부관을 돌려보낸 다음, 쪽지를 읽어 내려갔다.

일순 그의 얼굴이 새파랗게 질렸다. 그를 본 천예무의 얼굴도 다급해졌다.

"뭐냐? 뭐라고 적혀 있는 게냐? 소유의 일이더냐?"

혹시 천소유에게 무슨 일이 생겼다는 보고일까.

다급해진 천예무가 대청 밖으로 뛰어내리려 할 때, 쪽지를 읽은 총관이 빠른 어조로 말했다.

"북해빙궁과 모용세가의 축하 사절단이 북경부를 지나 이곳 악양부로 오는 중이라고 합니다. 그 수가 무려 오백에 달한다고 합니다."

"뭐라?"

대청을 내려서던 천예무의 발이 허공에 멈췄다. 순식간

에 천예무의 표정이 복잡야릇해졌다.

"북해빙궁 놈들이 무슨 낯짝으로 축하하러 온다는 게냐?"

천예무의 목소리가 또 다른 의미로 부들부들 떨렸다.

북해빙궁은 태극천맹과 오대가문이 규정하고 모든 무림인이 받아들인 무림공적에게 도움을 주고, 거주할 공간까지 내준 자들이었다.

즉, 무림 측에서 보자면, 아니 천예무 입장에서 보자면 무림공적과 다를 바가 없는 작자들이었다.

"게다가 모용세가 또한 무림공적 중 한 명에게 딸을 시집보냈다고 하지 않았더냐? 흥! 그 배신자 놈들에게 축하받을 생각은 전혀 없다. 절대로 놈들이 이곳 악양부에 들어서지 못하도록 하라."

"하지만 그들을 막을 명분이……."

"명분은 무슨! 당장 사람들을 풀어 놈들을 때려죽이지 않는 것만 해도 어딘데 말이지. 음? 아니지."

일순 천예무는 근엄하게 자란 턱수염을 매만지며 잠시 침묵했다. 그의 표정이 신중해졌다.

'그 구석진 변방 저편에 숨어 지내도 마땅치 않을 놈들이 무려 오백이나 되는 무리를 이끌고 악양부로 온다? 그만큼 자신이 있다는 뜻이겠지? 무림을 상대로, 천맹과 오대가문을 상대로 싸울 자신이 말이야.'

북해빙궁과 모용세가가 무림오적과 큰 연관이 있다는 건 세상 사람들이 다 아는 일이었다. 그래서 뜻있는 무림인들은 그들의 행태에 격노하고 분노하며, 차라리 대군을 모집하여 그들을 쳐야 한다고 주장하기도 했다.

 하지만 북해는 너무나도 먼 곳이었고, 그곳의 지리를 잘 아는 이들은 거의 없었다.

 한여름에도 폭설이 내린다는 그 숲속에서 길을 잃고 허허벌판을 헤매다가 목숨을 잃을 가능성이 매우 컸기에, 결국 그들의 주장은 수포가 되었다.

 하지만 여전히 북해빙궁과 모용세가에 대한 분노와 증오는 여전했다. 무림오적에게 목숨을 잃은 이들의 가족과 친지, 동료와 지인들은 북해빙궁과 모용세가를 무림오적과 같은 시선으로 대했다.

 그걸 북해빙궁과 모용세가가 모를 리 없었다.

 그럼에도 불구하고 이토록 대담하게 모습을 드러내다니. 그건 충분히 무림 전체와 싸워도 이길 수 있다는 자신감이 있기 때문이리라.

 '아니, 그들 두 가문만으로 천하의 모든 무림인을 상대하지는 못한다. 즉, 그들에게 동조하는 세력이 없다면 절대 북해 밖으로 나서지 못했을 것이다.'

 천예무의 눈빛이 냉혹하게 빛났다. 동시에 종리군이 했던 말이, 백팔원로와 비선, 그리고 무림십왕을 출정시킬 당시에 했던 말이 떠올랐다.

－무림오적은 구파일방과 신주오대세가를 설득하여 반(反)태극천맹, 오대가문의 연합 세력을 만들고자 하는 중일 겁니다. 정확하게 말하자면 반(反)경천회이겠지만 말이죠.

그때만 하더라도 천예무는 내심 코웃음을 흘렸다. 무림오적 따위에게 구파일방과 신주오대세가를 설득할 힘이 있을 리도 없거니와, 그들에게 설득당한 구파일방과 신주오대세가도 아니라고 생각했기 때문이었다.

하지만 지금 돌아가는 상황을 유추해 본다면 확실히 종리군의 추측이 옳은 듯싶었다. 북해빙궁과 모용세가의 과감한 남하 역시 구파일방과 신주오대세가의 협력이 있기에 가능한 일이리라.

'이건 나 혼자서만 고민할 일이 아니구나.'

천예무의 눈빛이 서늘하게 반짝였다.

상대는 더 이상 무림오적과 황계가 아니었다. 구파일방과 신주오대세가가 합류하는 것이다. 자칫 정사대전을 이어 무림전쟁이 발발할 수가 있었다.

"사대가문 가주들에게 총화(總和)의 이름으로 급보를 전하라."

천예무는 더없이 냉정하게 가라앉은 목소리로 총관을 향해 지시했다.

"임시 회합을 열겠다고 말이다. 이곳 악양에서, 열흘 안에 말이다."

"바로 조치하겠습니다."

총관은 벌벌 떨며 대답하자마자 부리나케 몸을 돌려 월동문 밖으로 빠져나갔다.

팔월이 막 시작되는 어느 날 아침의 일이었다.

2. 총회주(總會主)

지금 종리군 곁에는 다섯 명의 사람이 머물러 있었다. 세 명의 노인과 두 명의 아름다운 여인이 바로 그들이었다.

노인들은 각각 일로(日老), 월로(月老), 운로(雲老)라고 불렸으며, 여인들은 독희(毒姬), 항아(姮娥)로 불렸다.

어제 막 서안 땅에 당도한 그들은 곧장 가장 화려하고 고급스러운 객잔 별채에 짐을 풀었다.

그렇게 하룻밤을 푹 쉰 종리군은 이른 아침부터 살짝 고민에 빠져 있었다.

세 명의 노인과 두 명의 여인 모두 한인(漢人)이 아니었기에 탐문을 하거나 사람들과 대화를 나누는 건 무리였다. 사람을 상대하는 모든 일은 종리군이 도맡아서 해야 했다. 물론 이날도 그러했다.

"이럴 줄 알았더라면 백두(白頭), 그 친구라도 데리고 올 걸 그랬어."

백두, 장백두(張白頭)는 근래 급격하게 위세를 떨치고 있는 형문파의 소장문인이었다. 그는 원래 금해가주 초일방의 손녀인 초운혜와 약혼하였으나, 갑작스레 건곤가주 천예무가 끼어드는 바람에 일방적으로 파혼당한 처지에 있었다.

그때 종리군이 그에게 은밀하게 접근했다. 결국 장백두는 독희의 매력에 빠져들었으며, 종리군이 원하는 대로 형문파의 보장고(寶藏庫)에서 물건 하나를 빼돌려 그에게 바쳤다.

그 후로도 장백두는 제대로 생각하고 판단하는 이지를 잃은 듯 철저하게 독희에게 빠져들었고, 그렇게 종리군이 부리는 꼭두각시 중 하나가 되었다.

"그래도 사람 상대하는 방법을 제대로 알고 있는 친구라서 여기저기 쓸데가 많기는 하지."

종리군이 턱을 매만지며 중얼거릴 때였다.

별채 객청 밖에서 점소이의 목소리가 들려왔다.

"서안의 오룡객잔에서 사람을 보내오셨습니다."

종리군의 입가에 미소가 스며들었다.

"들어오라 하시게나."

일순 문이 열리고 한 명의 중늙은이가 들어섰다. 그는 객청 차탁에 앉아 있는 종리군을 보자마자 그 자리에 엎드려 오체복지를 하며 입을 열었다.

"서안 오룡회(烏龍會)의 마동달(馬東達)이 삼가 총회주(總會主)의 존안을 뵙습니다."

한없는 존경을 담은 인사였다.

"오랜만입니다, 마 회주. 그동안 별일 없었습니까?"

종리군은 부드러운 미소를 입가에 머금은 채 다정하게 물었다.

"네. 총회주 덕분에 사업은 승승장구하는 중입니다. 저번 달 순이익이……."

"아, 그건 괜찮아요. 오늘은 사업 문제로 찾아온 게 아니니까요."

"죄, 죄송합니다. 그럼 어떤 일로……."

"한 사람을 찾아 줬으면 해서요. 아마도 서안 어딘가에 머무르고 있을 겁니다. 아주 은밀하고 조용한 곳에 말이죠."

"서안에만 있다면 반드시 찾아낼 수 있습니다. 천여 명의 회원을 모두 동원하면 적어도 닷새 안에는……."

"닷새는 너무 길어요. 이틀 안에 찾아오세요."

"이, 이틀이요?"

"너무 짧은가요?"

"아, 아닙니다. 찾아오겠습니다, 반드시. 그런데 어떤 사람인지 대충은 알아야만……."

"당연히 알아야겠죠."

마동달의 말에 종리군은 고개를 끄덕이며 천천히 말했다.

"나이는 스무 살이 안 되었고, 키는 나 정도 되고 얼굴은 계집처럼 잘생겼으며……."

그렇게 종리군이 하나하나 늘어놓으며 설명하는 이의 얼굴은 다름 아닌 소야 위천옥의 그것이었다.

"그를 따르는 종자(從者)는 많아야 한둘일 것입니다. 대략 서른 초중반 나이에 사각형의 턱에 호랑이 눈을 가진, 기골이 장대한 사내는 확실히 그와 붙어 있을 터. 그렇게 둘 중 하나를 찾으면 되는 일입니다."

종리군은 정확하게 루호의 인상착의에 관해서 설명했다. 조곤조곤하고 부드러우면서 정중한 말투였지만, 마동달은 하늘의 계시를 받아들이는 신관(神官)처럼 한없이 경건한 자세로 귀를 기울였다.

"그럼 서안 오룡회의 힘을 믿겠습니다. 잘 부탁드려요."

종리군은 웃는 낯으로 그렇게 말하며 말을 맺었다. 마동달은 감히 고개를 들지도 못한 채 대답했다.

"반드시 이틀 안에 그들을 찾아내겠습니다. 믿고 기다려 주십시오."

마동달은 엎드렸던 자세 그대로 몸을 일으키더니, 마치 황제를 알현한 신하가 물러나듯 허리를 숙이고 고개를 조아린 모습으로 뒷걸음질 쳐서 객청을 빠져나갔다.

마동달이 나가고 객청 문이 닫히자 기다렸다는 듯이 복도 안쪽에서 나른한 목소리가 기지개처럼 들려왔다.

"아휴, 이 새벽부터 누가 그렇게 찾아오는 건가요?"

"시끄러워서 깼나 보구나."

종리군은 희미한 미소를 머금으며 찻주전자를 들었다. 잘 우려낸 찻물이 쪼르륵 소리와 함께 그의 잔에 떨어졌다.

"안녕히 주무셨어요, 총회주?"

부드럽고 달콤한 목소리와 함께 나긋나긋한 손길이 종리군의 목덜미를 감싸안았다. 동시에 촉촉하고 보들보들한 여인의 입술이 그의 뺨 위로 조심스레 내려앉았다.

"덕분에 아주 잘 잤다. 너도 녹초가 되어서 자더구나. 코까지 골면서 말이다."

"아휴, 누가 코를 골았다고 그래요? 아마 총회주가 아니면 독희겠죠. 저는 절대 코 같은 거 안 골아요."

"그런가?"

"그럼요."

여인, 항아는 달콤하게 웃으며 차탁을 끌어다가 종리군 옆에 붙여 놓고 자리에 앉았다. 종리군이 그녀에게도 차를 따라 주었다. 항아는 찻잔을 들고 가볍게 눈을 감은 채 지그시 향을 음미했다.

"제대로 끓여 낸 작설차(雀舌茶)네요."

"내가 차 하나는 제대로 끓이니까."

"에이, 밤일도 제대로 하시면서."

"아니지. 밤일은 제대로 하는 게 아니라 훌륭하게 하는 거니까. 어젯밤에 경험해 보지 않았느냐? 너와 독희 모두 실신까지 했으니 말이다."

"피잇. 정말 말로는 당해 낼 수가 없다니까요. 그래요. 확실히 총회주의 밤일은 아주 훌륭하셨어요. 인정해 드리죠."

"하하하. 까다롭기로 소문난 네게 인정을 받으니 그것 또한 기분이 나쁘지 않구나."

항아는 웃으면서 차를 홀짝이다가 문득 고개를 갸웃거리며 입을 열었다.

"조금 전 그 손님, 오룡회 사람이었나요?"

"그래. 이곳 오룡회의 책임을 맡은 마동달이라는 자다."

"그에게 소야와 루호의 행적을 찾아내라고 하셨겠군요."

"그들이 이곳으로 향했다는 보고를 받았으니 당연한 일이 아니겠느냐?"

"며칠 기한을 주셨어요?"

"이틀."

"에이, 너무 짧다. 그래도 최소한 나흘 정도는 주셨어야죠. 서안의 규모나 사람 수를 생각해서라도 말이에요. 제 생각으로는 절대 이틀 안에 찾아내지 못할 것 같아요."

"나도 그리 생각한다."

"네? 그런데 왜 기한을 이틀밖에 주지 않으셨어요?"

항아의 눈이 휘둥그레졌다. 종리군은 한쪽 다리를 꼬고 그 무릎에 깍지를 끼며 말했다.

"나흘 걸려서 해결할 수 있는 일을 나흘 만에 해내는 건 그리 칭찬받을 일이 아니겠지. 또 나흘이라는 넉넉한 시간이 있으니 설령 이틀 만에 찾을 수 있다고 하더라도 나름대로 여유를 부리거나 늑장을 부릴 수도 있고. 하지만 이틀 기한을 주면 달라지거든. 어떻게든 그 안에 해결하기 위해서 지닌 바 모든 힘과 능력과 열정을 동원할 테니까."

종리군은 미소를 머금으며 말을 이어 나갔다.

"그렇게 해서 이틀 안에 해결한다면 그건 확실한 칭찬거리가 되겠지. 더불어 그 친구의 능력도 확실하게 인정받을 수 있을 테고. 그래서 이틀이라는 기간을 준 게야."

"그렇군요."

감탄하던 항아가 문득 고개를 갸웃거리며 재차 물었다.

"하지만 이틀 안에 해결하지 못하면요? 소야나 루호를 찾지 못하면 그때는 어떻게 하실 건데요?"

"하하하, 설마."

종리군이 낭랑하게 웃으며 말했다.

"항아, 너는 지금 내 수하가 내 명령을 제대로 이행하지 못하는 일이 있을 거라고 말하는 게냐?"

일순 아름답고 요염하며 육감적인 항아의 얼굴이 창백해지는 동시, 딱딱하게 굳어졌다. 그녀는 이내 애써 웃으며 황급히 도리질했다.

"설마요. 확실히 제가 너무 함부로 말한 것 같아요."

"그렇지. 확실히 지금 네 말은 나와 마 회주 모두를 욕되게 하는 말이었으니까."

"죄, 죄송합니다, 총회주. 제가 너무 경솔하게 말씀드렸습니다."

"뭐, 알면 됐다."

종리군이 활짝 웃으며 말했다.

"확실히 세 자매 중 가장 총명한 너답게 사과도 빨리하는구나. 너도 이제 나와 함께한 지 제법 시일이 흘렀으니 잘 알 터, 나는 그렇게 머리 회전이 빠른 사람을 좋아한단다. 그리고 두 번 같은 실수를 하지 않는 사람은 더더욱 좋아하지. 잘 알겠느냐?"

항아는 새파랗게 질린 얼굴로 고개를 숙이며 대답했다.

"명심하겠습니다."

"좋아. 그럼 이제 이곳에서 이틀 동안 뭘 하고 보낼지 생각해 보렴."

종리군은 다시 차를 따르며 말했다.

"화청지(華淸池)에 가서 그 옛날의 양귀비(楊貴妃)를 만나 보는 것도 좋겠고, 또 서안 어딘가에 있을지도 모르는 진시황(秦始皇)의 무덤을 찾아보는 것도 나쁘지 않을 것 같구나. 모두 맡길 터이니 네가 고르고 선택하렴."

항아는 고개를 들며 조심스레 입을 열었다.

"관광이나 옛 유적지를 돌아보는 것도 나쁘지는 않으나, 이곳 오룡상가가 얼마나 원활하게 잘 돌아가고 있는지 미복암행(微服暗行)을 하시는 건 어떨까 싶어요."

종리군의 눈이 휘둥그레졌다.

"허어. 미복암행이라는 단어도 아느냐? 역시 상아, 상희, 항아 셋 중에서 네가 이 나라 말을 가장 잘 사용하는구나."

미복암행은 곧 황제나 황태자 등이 뚜렷한 목적이나 목표를 지닌 채 자신의 정체를 숨기고 돌아다니는 행동을 의미했다.

반면 잠행(潛行)은 일정한 목표 없이 민생을 살피는 것을 가리키니, 확실히 지금 상황에서는 잠행보다 암행이라는 단어가 더 어울렸다.

"좋아. 그렇게 하자꾸나."

종리군은 항아의 제안이 마음에 든 듯 흡족한 표정을 지으며 고개를 끄덕였다.

그제야 항아 또한 한시름 놓은 듯 배시시 웃는 낯으로 되돌아왔다.

그러나 여전히 그녀의 얼굴이나 행동에는 희미한 긴장감이 어려 있었다.

그것은 처음에는 몰랐으되 이제는 알 수 있는, 종리군의 그 냉정하고 냉혹한 판단과 지시를 보고 겪은 자들만이 지니게 되는 긴장감이었다.

3. 아란삼정(阿蘭三鼎)

"젠장!"

아란은 발을 동동 구르며 욕설을 퍼부었다.

달아난 소자양을 잡기 위해 보냈던 흑규와 그 일당이 처참하게 죽었다는 소식이 전해졌다.

그것도 십삼매에게는 절대 가까이 다가가지 말라고 그토록 누누이 경고했음에도 불구하고, 그녀의 안방까지 쳐들어갔다가 목숨을 잃고 만 것이었다.

문제는 그게 전부가 아니었다. 아니, 문제는 이제부터

시작이었다.

그녀가 소자양에게 했던 일을 십삼매가 알게 되었을 테고, 그 소식은 곧 강만리를 비롯한 화평장 사람들에게 전해질 게 분명했다.

그러니 이제 아란은 사천 일대 어디에고 발을 디딜 수가 없게 된 것이었다. 강만리에게서, 무림오적에게서 도망쳐야 했고, 십삼매의 황계로부터도 도망쳐야 했다. 그나마 안락했던 연풍채 채주로서의 삶은 이제 끝난 게다.

도망자의 삶.

어쩌면 평생을 도망치며 살아야 할지도 모르는 상황이 되고 말았다.

답답하고 초조한 걸음으로 방 안을 이리저리 오가던 그녀가 문득 크게 소리쳤다.

"황 조장은 어디 있느냐?"

황 조장은 아란이 흑개방의 남녕 지부주였을 때부터 몇 되지 않은, 그녀의 충직한 심복 중의 한 명이었다. 그리고 지금은 연풍채의 대외 업무를 도맡아 처리하고 있는 유능한 자이기도 했다.

그녀의 고함에 문밖에서 대기하고 있던 자가 빠르게 대답했다.

"지금 마을에 있습니다. 당장 불러올까요?"

"당장 불러와라. 아, 백 조장과 왕 조장 모두."

백 조장과 왕 조장은 아란에게 있어서 남은 세 명의 심복 중 두 명이었다.

 황 조장과 왕 조장, 백 조장, 그 셋이야말로 아란을 지탱하고 지키는 세 개의 다리와도 같았으니, 그래서 가끔 아란은 그들을 일컬어 아란삼정(阿蘭三鼎)이라고 부르기도 했다.

 아란은 그 아란삼정이 오기를 초조하게 기다리다가 문득 품에서 조그만 금낭을 꺼내 열었다.

 금낭에는 비단 손수건이 있었는데 그 손수건에는 강만리와 담우천, 설벽린과 화군악, 그리고 장예추와 아란의 이름이 피로 적혀 있었다.

 "이것만 있으면 죽지는 않겠지?"

 그녀는 비단 손수건에 적힌 이름들을 집중해서 바라보며 중얼거렸다.

 그 비단 손수건은 과거 화평장에서 아란과 그들이 결의형제를 맺었을 때 사용했던 증거물이었다. 당시 강만리는 아란에게 앞으로 피를 나눈 누이처럼 대할 것이라고 말했고, 또 친오라버니처럼 여기고 행동해 달라고 부탁했다.

 "설마 그런 맹세를 한, 이렇게 피를 나눈 누이동생을 죽이지는 않겠지?"

 아란은 눈물을 글썽이며 중얼거렸다.

벌써 사오 년 전의 일이었지만 아직도 그녀의 기억에 생생했다. 그때 강만리가 했던 말도, 아란 자신이 했던 이야기도 모두 똑똑하게 기억하고 있었다.

"이게 다 그 못된 소자양이라는 애송이 때문이야."

아란은 입술을 씹으며 투덜거렸다.

"애당초 그 애송이만 없었더라면, 그 개자식과의 속궁합이 그렇게까지 좋지 않았더라면 절대 이런 일은 발생하지 않았을 테니까!"

아란이 그렇게 한참 동안이나 씩씩거리고 있을 때였다.

"부르셨습니까?"

묵직한 목소리가 문밖에서 들려왔다. 아란이 반색하며 말했다.

"어서 들어오게, 황 조장."

문이 열리고 황 조장을 선두로 왕 조장과 백 조장이 차례로 들어왔다. 바로 이들 아란삼정이야말로 아란의 모든 것이자 전부라 할 수 있었다.

기실 흑규가 자신을 두고 연풍채의 이인자라고 생각한 건 오직 그만의 착각이었다. 아란에게는 제 분신과도 같은 세 명의 심복이 따로 있었으니까.

"큰일 났다."

아란은 세 명의 심복이 방 안에 들어서자마자 그렇게

말했다. 황 조장은 내심 한숨을 내쉬며 말했다.

"꽤 오래간만에 들어 보는 말이군요."

언제나 이런 식이었다.

일은 아란이 저지르고 그 뒤처리는 자신들이 하는 식. 과거 흑개방 남녕 지부주 시절부터 늘 이런 상황의 반복이었다.

그나마 연풍채를 세우고 겉으로는 이인자였던 흑규에게 이런저런 사안을 떠맡긴 후로는 들어 본 적이 없는 말이기는 했지만.

아란은 황 조장의 떨떠름한 표정에는 아랑곳하지 않은 채 제 할 말만 이어 나갔다.

"흑 당주가 죽었다."

"흑 당주라면 흑규 말씀이십니까?"

"우리에게 흑 당주가 그 말고 또 누가 있다고 그래?"

"으음. 누구에게 당한 겁니까?"

"그게……."

아란이 망설이다가 힘겹게 대꾸했다.

"십삼매가 죽였다."

일순 황 조장은 물론이고, 역시 떨떠름한 표정을 지은 채 서 있던 왕 조장과 백 조장 모두 눈이 휘둥그레졌다.

"아니, 어떻게요?"

황 조장의 물음에 아란은 머리를 벅벅 긁었다. 그걸 설명하려면 소자양의 이야기가 나와야 했고, 소자양이 왜 도망쳤는지도 사실대로 밝혀야 했다.

아무리 이들이 자신의 심복이라고는 하지만 그런 개인적인 이야기까지 하는 건 아무래도…….

"그게 어디 개인적인 이야기여서 말하지 않으려 한 것입니까? 그저 부끄럽고 수치스러워서 말하기 힘들었던 게죠!"

결국 입을 연 아란의 이야기를 다 듣고 난 황 조장이 눈살을 찌푸리며 소리쳤다. 아란은 멋쩍은 듯 시선을 외면했다.

황 조장이 화를 내듯, 혹은 따지듯 격한 목소리로 그녀를 닦달했다.

"아니, 소 도련님은 어디까지나 강 장주의 제자가 아닙니까? 즉, 소 도련님은 채주의 조카입니다. 그런데 어찌……."

"아아, 그건 이미 지난 일이다."

아란이 짜증스럽게 손사래를 쳤다.

"지금 중요한 건 이제 앞으로 어떻게 해야 하느냐 하는 것이니, 굳이 누가 잘못했느니 하는 잘잘못을 따질 이유가 없는 게다."

"아아, 진짜 왜 이러십니까?"

이번에는 도저히 참을 수 없다는 듯, 세 조장 중에서 가장 나이가 어린 백 조장이 한숨을 내쉬며 고개를 설레설레 흔들었다.

"언제까지 우리를 이렇게 괴롭히실 작정입니까?"

"괴롭히다니. 무슨 소리야? 진짜 내가 괴롭다니까, 지금."

"아니, 우리가 더 괴로워 죽겠습니다."

"내 속마음이 지금 얼마나 갈기갈기 찢어졌는지 알고서 그런 소리를 하는 거야? 괴롭기로 따지자면 내가 너희들보다 몇 배, 몇 십 배는 더 괴롭다니까?"

"아니, 지금 누가 더 괴로운가 하는 게 중요한 게 아니잖습니까?"

"그러니까, 황 조장. 백 조장이 괜히 먼저 저런 소리를 해서 말이야."

"됐습니다. 저는 인제 그만두겠습니다."

"응? 무슨 소리야, 백 조장? 그만두기는 뭘 그만둔다고? 괜히 그렇게 삐친 척하지 말고 나 좀 도와주라. 이 곤경을 어떻게 해결해야겠니, 응?"

아란은 눈물을 글썽이며 백 조장의 두 손을 꼭 쥐었다. 백 조장이 시선을 외면한 채 길게 한숨을 내쉬는 가운데, 황 조장도 한숨을 내쉬며 입을 열었다.

"제가 가겠습니다."

일순 아란의 눈빛이 반짝였다.

"황 조장이 직접?"

"네. 가서 무릎 꿇고 사과하고 빌어 보겠습니다. 어떻게든 우리 아가씨 살려 달라고 구걸해 보겠습니다. 장담할 수는 없지만, 목숨을 바칠 각오로 매달려 보겠습니다."

"고, 고마워, 황 조장. 정말 황 조장밖에 없어."

"하지만 이게 마지막입니다."

황 조장은 아란을 똑바로 바라보며 말했다. 아란이 흠칫거리며 말을 더듬었다.

"뭐, 뭐가 마지막이라는 거야?"

"애당초 말도 안 되는 허무맹랑한 야망은 이제 버리시라는 겁니다. 황계나 흑개방 같은 조직의 우두머리가 되겠다는 망상부터 지우셔야 합니다."

"그, 그게 무슨 허무맹랑한 야망이고, 망상이라는 거지? 당연히 내가 할 수 있고, 또 해야 할 일이……."

"앞으로는 어디 한적하고 외진 마을에서 쥐 죽은 듯, 아무 소동 벌이지 않고 사셔야 합니다. 그렇게 살다가 누구 괜찮은 남자 하나 만나서 혼인하고 자식 낳고, 그 자식이 성장하는 걸 지켜보는 낙으로 사셔야 합니다. 그걸 먼저 약속해 주시지 않는 한, 예서 한 걸음도 움직이지 않겠습니다."

황 조장의 말에 아란이 당황하여 애원하듯 빌었다.

"아니, 황 조장. 황 조장, 그러니까 제발 좀……."

하지만 황 조장은, 그리고 왕 조장과 백 조장은 그 자리에 굳은 석상처럼 조금도 움직이지 않았다. 아란은 이내 울상이 되고 말았다.

훌쩍거리던 아란은 들고 있던 비단 손수건으로 무심코 콧물을 훔치려다가, 화들짝 놀라며 손수건을 꼭 움켜쥐었다. 그 손수건이 어떤 손수건인지 뒤늦게 생각난 까닭이었다.

아란은 잠시 손수건을 내려다보다가 입술을 깨물었다. 그녀는 조심스럽게 손수건을 차곡차곡 개어서 금낭에 넣었다. 그러고는 황 조장에게 건네며 말했다.

"이거 가져가. 반드시 도움이 될 테니까."

황 조장은 금낭을 받지 않았다. 아란은 그럴 줄 알았다는 듯이 비장한 표정으로 말을 이었다.

"알겠어. 이번에 목숨을 구하게 된다면 황 조장 말대로 절대 사고 치지 않고 어디 한적한 마을을 찾아서 돈 많고 순진한 사내 하나 꼬드겨 볼게. 그래서 떡두꺼비 같은 아들하고, 토끼 같은 딸하고 서너 명 낳고 잘살아 볼게."

황 조장은 가만히 그녀의 눈을 들여다보면서 지금 하는 말이 진심인지를 확인하려 했다.

비록 아란은 그가 충심으로 모시는 주군이었지만, 사실 그조차 쉽게 믿을 수 없을 정도로 거짓말이 능수능란한 여인이었다.

물론 이번에도 거짓말을 할 가능성이 농후했다. 그녀가 야망을 버린다는 건 개가 똥을 끊는다는 것과 다르지 않았으니까.

결국 황 조장은 길게 한숨을 내쉬며 금낭을 받아 쥐었다. 그러고는 다시 한번 못을 박듯이 말했다.

"만약 이번에도 우리를 속이신다면, 그때는 우리 셋 모두 아가씨의 곁을 떠날 겁니다."

그러자 이미 의견을 나누고 마음을 하나로 모았다는 듯이 왕 조장과 백 조장이 힘차게 고개를 끄덕였다.

아란은 그들을 둘러보았다. 아란삼정의 결심이 확고하다는 걸 알게 되었을까. 그녀는 세 명의 조장 얼굴을 일일이 확인하듯 둘러보면서 말했다.

"맹세하지. 이제 절대 속이지 않겠다고 말이야."

황 조장은 가만히 그녀의 눈빛을 바라보다가 동료들에게로 시선을 돌렸다. 그녀의 말을 믿을 수 있겠어? 하는 표정으로 왕 조장과 백 조장의 의견을 구했다.

왕 조장과 백 조장이 어깨를 으쓱거렸다. 이번에도 잘 모르겠다는 듯한 모습이었다.

결국 황 조장은 체념하듯 고개를 숙였다.

"그럼 강 장주를 뵈러 가 보겠습니다."

아란이 방긋 웃으며 말했다.

"모두에게 안부 전해 줘. 아, 자양에게도."
고개 숙인 황 조장의 얼굴이 일그러졌다.

3장.
적의 침공을 막는 방법

"안 그래도 환빈야연 같은 독물이나
팔방구궁미로진 같은 진법이 함께 동원되지 않는다면,
이런 무기는 그저 남들에게 보여 주는 것 정도밖에
되지 않는다는 걸 확실히 깨닫게 되었습니다."
강만리는 힐끗 당운보의 옆얼굴을 훔쳐보며 말했다.
환빈야연 같은 독물이 필요하니 도와 달라는 말을
우회적으로 표현한 셈이었다.

적의 침공을 막는 방법

1. 망루(望樓)

"뭘 그리 고민하시나?"

강만리는 문득 등 뒤에서 들려온 목소리에 상념을 깨며 뒤돌아보았다. 계단을 따라 당운보가 걸어 올라왔다.

"아, 오셨습니까?"

강만리가 고개를 숙이며 인사했다.

망루 꼭대기로 올라온 당운보는 눈 아래 펼쳐진 광경을 둘러보며 새삼스레 감탄했다.

"허어, 이 일대가 한눈에 들여다보이는군그래. 정말 좋은 풍경이네."

아닌 게 아니라 오륙 층 높이의 망루에서 내려다보이는

풍경은 확실히 좋았다. 화평장은 물론이거니와 주변 장원들까지 모두 한눈에 들어오는 것이 마치 천하를 굽어보는 듯한 착각을 일으키고 있었다.

화평장 곳곳을 오가며 뭔가 한참 작업 중인 사람들의 모습도 시야에 들어왔다. 담우천과 장예추, 그리고 화군악은 강만리의 지시에 따라 이곳 화평장에 설치해 두었던 기관진식과 함정을 손보는 중이었다.

한쪽으로는 담호가 웃통을 벗은 채 권각술을 연마하는 모습이 보였고, 다른 한쪽으로는 야래향과 빙혼마고가 그늘 밑에 앉아서 담소를 나누는 광경도 보였다.

언뜻 보기에는 그야말로 막바지에 이른 여름 어느 날의 평화로운 아침 같았다.

"모기떼처럼 날아드는 불청객만 없다면 확실히 좋은 곳이지요, 이 동네가."

강만리는 상념에 젖어 있느라고 미처 챙기지 못한 쇠뇌를 손질하며 말했다. 당운보는 여전히 망루 아래쪽 풍광을 감상하면서 입을 열었다.

"이야기를 들어 보니 이 일대 장원 모두 자네가 샀다면서?"

"방어 목적으로 샀다가 모두 되팔았습니다, 이곳을 떠나면서요."

"방어라……. 하기야 이런 마을 한복판에서 장원 하나

를 견고하게 지켜 낸다는 건 확실히 힘든 일이기는 하지."

그렇게 중얼거리던 당운보는 거대한 쇠뇌와 구석에 쌓여 있는 창처럼 길고 단단한 철장전(鐵長箭) 더미를 훑어 보며 다시 한번 감탄하듯 말했다.

"호오. 이런 물건까지 비축하고 있었군그래. 이거, 일개 장원을 방어하기 위해 갖추기에는 너무 과하지 않으신가? 그야말로 난공불락의 요새가 될 것 같은데?"

"난공불락은요. 벌써 몇 번이나 적의 침입으로 무너진 곳인데요."

강만리는 쇠뇌에 기름을 먹이면서 살짝 씁쓸한 표정을 지었다.

아닌 게 아니라, 강만리는 사실 이 망루를 세우고 쇠뇌를 준비할 때만 하더라도 당운보의 말처럼 난공불락의 요새를 꿈꾸고 있었다.

하지만 무공이 극(極)에 달한 초절정의 고수들에게는 이런 쇠뇌나 암기, 기관진식 대부분이 무용지물이었다.

아무리 지면에 암기를 깔아 놓고 함정을 파 두어도 그들은 훨훨 날아다녔으니까. 이렇게 쇠뇌와 활을 준비했다 하더라도 그들은 빛보다 빠르게 이동할 수 있었으니까.

강만리 또한 자신이 그런 무위를 지닌 고수의 입장에서, 그만한 실력자를 잡기 위해서는 이 정도 무기와 암기와 방어망으로는 부족하다고 절실하게 느끼는 중이었다.

"안 그래도 환빈야연 같은 독물이나 팔방구궁미로진 같은 진법이 함께 동원되지 않는다면, 이런 무기는 그저 남들에게 보여 주는 것 정도밖에 되지 않는다는 걸 확실히 깨닫게 되었습니다."

강만리는 힐끗 당운보의 옆얼굴을 훔쳐보며 말했다. 환빈야연 같은 독물이 필요하니 도와 달라는 말을 우회적으로 표현한 셈이었다.

그러나 당운보는 미처 듣지 못했다는 듯 망루 아래를 내려다보며 손을 흔들고 있었다. 그늘 밑에 앉아 있다가 그와 눈이 마주친 빙혼마고가 활짝 웃으며 소리쳤다.

"거기, 시원하죠?"

마치 그녀의 말을 들은 것처럼 한바탕 바람이 불어왔다. 당운보의 수염이 바람에 흩날렸다. 그걸 본 빙혼마고가 깔깔 웃으며 고개를 끄덕였다.

당운보도 그녀를 내려다보며 웃다가 뒤늦게 아, 하는 표정을 지으며 강만리를 돌아보았다.

"방금 뭐라고 하셨나?"

"아닙니다, 아무것도."

강만리는 불룩하게 입을 내민 채 쇠뇌에 빡빡 기름을 먹였다. 희미한 미소를 띤 채 잠시 그 광경을 지켜보던 당운보가 불쑥 입을 열었다.

"그래, 조금 전 뭘 그리 심각하게 생각하고 계셨나?"

"아, 그게……."

강만리는 기름 잔뜩 묻은 헝겊을 내려놓으며 길게 한숨을 내쉬었다.

"새외팔천을 어떻게 해야 하나, 잠시 고민하던 참이었습니다."

당운보의 표정이 살짝 심각해졌다. 웃고 떠들며 나누기에는 심각한 대화였던 것이리라.

"그들이 일시에 대륙을 침공하지 못하도록 견제하고 방해하고 훼방을 놓아야 하는데, 그러기 위해서는 무엇보다 제일 먼저 그들이 원하는 게 무엇인지 정확하게 알아야 하거든요. 돈을 원하는지, 땅을 원하는지, 아니면 자신들의 우월함과 강인함을 보여 주고자 싸우려 드는 건지 등등의 욕구부터 알아야 저들을 상대할 방법을 강구할 수 있을 테니까요."

당운보는 살짝 놀란 표정을 지었다. 지금 강만리가 말한 대목은 확실히 당운보가 전혀 생각하지 못했던 방식의 접근이었던 게다.

일반적으로 생각하기에 적의 침공을 막는 방법은 크게 두 가지였다.

그들이 침공할 엄두가 나지 못하도록 우월한 힘을 보여주거나, 아니면 쳐들어와 봤자 소용이 없도록 단단하게 방어진을 갖추는 것.

하지만 강만리의 이야기는 애당초 그들이 '왜' 침공하려는 걸까에 초점을 두고 있었다.

왜 침공하려 하는지 그 이유를 알아내서 바로 그 '왜'라는 부분만 해결할 수 있다면, 그건 수만금을 들여서 방어진을 갖추고 군사력을 보강하는 것보다 훨씬 더 간단하고 수월한 해결 방법이 될 수 있었다.

"그러니까 예를 들자면……."

강만리의 말은 계속해서 이어졌다.

"여진의 경우에는 당연히 대륙 정벌을 원하고 있었습니다. 그들이 백만대군을 집결시키고 있던 건 바로 그 이유 때문이었지요. 그래서 여진 내부에 내분을 일으키고 칸의 지도력에 의문을 갖게 만드는 방법으로, 백만 군세의 결집을 한동안 미뤄 놓았습니다. 최소한 오 년가량의 시간은 벌었다고 생각합니다."

"호오. 그렇다면 다른 새외팔천은 어찌 대응할 생각이신가? 가령 천축이라면?"

당운보가 흥미 가득 담긴 눈으로 강만리를 바라보며 질문을 던졌다.

강만리는 아무렇지 않게 대답했다.

"천축이야 늘 자신들의 무공이 강하다는 걸 세상에 입증하고 싶어 하는 자들이니, 대책은 간단합니다. 그들을 압도적으로 누를 만한 실력의 소유자를 천축으로 보내면 됩니다. 그 절대고수를 이기지 못하는 한, 대뢰음사이건 소뢰음사이건 누구도 천축에서 벗어나지 않을 테니까요."

"오오. 그렇다면 역시 담 대협을 보낼 생각이신가, 천축에는?"

"원래 계획으로는 그렇습니다만……."

"음? 원래 계획이 그랬다면 지금은 달라졌다는 뜻?"

"네. 실은 그것 때문에 고민하던 참이었습니다."

강만리는 길게 한숨을 내쉬며 말을 이었다.

"사실 백팔원로와 무림십왕을 무력화한 이상 저들, 그러니까 태극천맹과 오대가문의 전력은 절반 이상 잘려 나갔고 절대 고수의 수 역시 크게 부족해졌으리라고 생각했습니다. 즉, 담 형님이 이 자리에 없더라도 우리들만으로도 충분히 싸워 이길 수 있지 않을까, 그렇게 생각했기에 담 형님을 천축으로 보내려고 했던 겁니다."

"그런데?"

당운보가 궁금하다는 듯이 강만리의 말을 재촉했다. 강만리는 무심코 엉덩이를 긁적이며 말했다.

"하지만 어제 어르신들께서 말씀하시기를 '오대가문의 전력(全力)이 겨우 그 정도가 아니라는 걸 명심하라'고 하셨잖습니까? 아직 그들이 꺼내지 않은 전력(戰力)이 남아 있다고 하시면서요."

당운보는 기억을 더듬었다. 확실히 빙혼마고와 야래향이 그렇게 말한 적이 있었다.

그녀들은 공적십이마와 구천십지백사백마가 지하로 숨어든 이유에 대해서 절대 겉으로 드러난 오대가문의 힘과 위용에 눌렸기 때문이 아니라고 말했다.

강만리는 재차 한숨을 내쉬며 말을 이었다.

"그 말씀을 듣고 보니 확실히 의아한 부분이 있더군요. 비록 내상을 입었다고는 하지만 금강철마존은 백 년 이래의 절대고수가 아니었습니까? 다른 공적십이마 또한 지금의 우리와 비교해도 전혀 뒤지지 않는 고수들이었고요. 거기에 백사백마까지 존재하는데 어찌 오대가문과 태극천맹을 피해 지하로 숨어들었을까요? 아, 물론 사천당문을 위시한 신주오대세가와 구파일방을 포함해야 하니, 지금의 우리와는 상황이 조금 다르기는 하겠습니다만."

거기까지 말하던 강만리의 눈빛이 야릇하게 빛났다. 뭔가 이야기를 하다가 퍼뜩 떠오르는 생각이 있었던 것 같았다.

그러나 당운보는 미처 그 눈빛을 보지 못한 채 고개를 끄덕이며 입을 열었다.

"확실히 우리가 승리한 건 의외의 일이라 할 수 있었네. 마지막의 마지막까지 우리 쪽이 큰 피해를 입고 있어서, 솔직하게 말하자면 이대로 지는 게 아닐까 하는 생각이 백도정파 모든 이들의 머릿속을 가득 메우고 있었으니까."

"담 형님께 듣기로는 마지막에 합류했던 사선행자의 활약이 매우 컸다고 하던데요?"

"글쎄."

당운보는 수십 년 전 과거를 회상하듯 가늘게 뜬 눈으로 먼 허공을 바라보며 말했다.

"사선행자의 암살 능력이야 충분히 인정하고도 남겠지. 하지만 그래 봤자 공적십이마에게는 당할 수가 없었네."

"그런가요? 제가 알기로는 금강철마존의 부상 또한 사선행자의 활약 덕분이라고 하던데요?"

"그게 말일세……."

당운보는 콧잔등을 찡그리며 쓴웃음을 흘렸다.

"금강철마존을 암살하러 갔던 백 명의 사선행자 중 서른다섯 명이 목숨을 잃었지. 또한 본 문에서 빌려준 모든 독을 사용하고도 결국에는 그를 죽이지 못했네. 거기에 천여 명의 고수가 가히 철통같은 천라지망(天羅地網)을 펼치고 있었지만 그를 놓치고 말았네."

당운보의 말에 문득 강만리가 고개를 갸웃거렸다.

'흐음. 천라지망이라는 표현처럼 과장된 게 또 어디 있

을까? 매번 천라지망을 펼쳤다고는 하지만 또 매번 다 속절없이 뚫리고 놓치지 않던가?'

천라지망은 말 그대로 하늘과 땅에 그물을 펼쳐서 빠져나갈 구멍이 없다는 의미의 포위망을 뜻했다.

그러나 의외로 그물망은 크고 허술해서, 적어도 강만리가 이해하는 한 그 천라지망에 걸려 죽거나 사로잡힌 이는 그리 많지 않았다.

강만리가 그런 생각을 하는 동안에도 당운보는 씁쓸한 미소를 감추지 않은 채 천천히 말을 이어 나갔다.

"그런데 어찌 사선행자의 승리고, 우리 백도정파의 승리라고 할 수 있겠나? 오대가문과 태극천맹에서 굳이 그렇게 세상에 널린 이유는 오직 하나, 아군의 사기를 올리고 적의 사기를 떨구기 위함에 불과했던 것이네. 즉, 그저 눈 가리고 아웅 하는 격인 셈이지."

"그렇다면 어떻게 승리한 겁니까, 백도정파가?"

"글쎄."

당운보는 어깨를 으쓱거리며 말했다.

"사실, 당시만 하더라도 사마외도의 고위직 인사나 절정고수들이 하루아침에 목숨을 잃고 암살당했던 것들 모두 사선행자의 활약 덕분이라고 생각하기는 했었다네."

"그렇다면 지금은 생각이 달라지셨다는 겁니까?"

"그렇지. 아무리 생각해 보더라도 당시의 사선행자로

는 공적십이마를 상대할 수 없었으니까. 상상해 보게. 지금보다 몇 배는 하수인 담 대협이 금강철마존을 암살하는 장면을 말일세."

강만리는 당운보의 말에 따라 이삼십 년 전의 젊고 어린 담우천이 당대 천하제일고수였던 금강철마존을 암살하는 광경을 머릿속에 그려 보았다.

어림도 없었다. 말도 되지 않았다. 있을 수가 없었다.

강만리는 이내 고개를 절레절레 흔들며 한숨을 내쉬었다.

"확실히 불가능한 일일 것 같습니다."

"그래. 그래서 우리 마고나 우 부인이 그리 말씀하신 거라네. 오대가문과 태극천맹에게는 보이지 않는, 숨겨진 전력이 있다고 말일세."

강만리는 문득 한없이 엉덩이가 간지러워졌다. 피부가 아닌 좀 더 깊숙한 곳, 그래서 송곳으로 콕 찔러서 긁어야만 비로소 해갈될 것만 같은 간지러움이었다.

2. 한 번뿐인 삶

"참 편하게들 계시네. 우리는 이 땡볕 아래에서 이렇게 고생하고 있는데 말이지."

화군악은 힐끗 망루를 올려다보면서 투덜거렸다.

"누구는 허리도 제대로 펴지 못하고 일하는데 누구는 저렇게 신선놀음하고 있다니, 정말 세상 공평하지 않다니까."

그곳 망루에는 늦여름의 바람을 맞으며 강만리와 당운보가 두런두런 한가하게 잡담을 나누고 있었다.

반면 화군악은 장예추와 함께 화평장 내부와 외곽을 쉴 새 없이 오가면서 부서진 기관진식을 수리하고, 봉인했던 진법을 재정비하느라 땀을 뻘뻘 흘리는 중이었다.

"설마 잡담을 나누시겠나? 앞으로의 계획이나 미래에 대한 이야기를 하시는 중이겠지."

장예추는 그렇게 화군악의 투덜거림을 받아넘기면서, 여전히 뜨거운 김이 모락모락 피어오르는 지면을 뚫어지게 바라보았다.

이 구역에 펼쳐진 진식은 사천당문의 당혜혜와 무당파의 정소흔이 자신들의 모든 기예(技藝)를 총동원해서 만든 걸작이었다.

비록 장예추와 화군악이 자신들의 아내들로부터 기문진에 관한 많은 걸 배우고 익혔다고는 하지만, 아직 그 진법을 자유자재로 운용할 수 있는 정도의 수준은 아니었다.

그래서 지금 이렇게 땡볕 아래 땀을 뻘뻘 흘리면서 진

식의 변화와 운용에 대해 고민하는 참이었다.

"정말 지독할 정도로 난해하게 만들어 두었군그래."

예전에는 전혀 몰랐다는 듯이 장예추가 중얼거렸다.

"이걸 만든다고 도대체 얼마나 고생했을까."

하기야 뭐든 아는 만큼 보이는 법이었다.

진식에 관해 모를 때에는 그저 시키는 대로 하라는 대로 움직이고 행동했기에 이곳에 펼쳐져 있는 진식의 위대함에 대해서 전혀 알지 못했다.

하지만 지금 이렇게 조금이나마 진식을 공부한 상태로 보게 되자 새삼스레 당혜혜와 정소흔이 노력을 알 수 있게 되었고, 심지어 그녀들이 존경스러워지기까지 했다.

그렇게 화군악과 장예추 두 사람이 화평장 일대의 진식을 운용하는 방법에 관해서 노력하는 동안, 화평각 앞마당에서는 담호가 열정적으로 소자양을 가르치고 있었다.

물론 무위로만 치자면야 담우천, 화군악, 장예추 모두 담호보다 훨씬 뛰어났다. 하지만 그들이 다른 이를 가르치는 것까지 담호보다 뛰어난 건 아니었다.

무공이 뛰어나다고 해서 좋은 스승이 되는 건 아니었다. 아무리 아는 게 많고 무위가 높다 하더라도 가르칠 줄 모른다면 말짱 도루묵이었다. 제대로 가르칠 줄 알아야 비로소 좋은 스승이 될 수 있었다.

적의 침공을 막는 방법 〈87〉

그런 의미에서 보자면 담호는 최고의 스승이었다.

담호는 이미 동생 담창을 비롯하여 북해빙궁의 수많은 아이들을 가르쳐 왔다. 그러면서 담호는 어떤 방법으로 어떤 방식으로 가르쳐야지 아이들이 더욱더 빠르게 습득할 수 있는지 알게 되었고, 그러한 교습법은 지금의 소자양에게도 확실히 통했다.

"그렇구나!"

소자양은 눈을 반짝이며 감탄했다.

"단전의 내공을 사지백해(四肢百骸)로 흘려보낸다는 것이 정확하게 무슨 의미인지 몰랐는데, 알고 보니 그렇게나 간단하고 단순했던 거네."

담호는 차분한 어조로 설명했다.

"그러니까 이해한다는 게 중요한 겁니다. 왜 무공의 요결(要訣)이 그런 것인지, 투로(套路)는 또 왜 그렇게 진행되는지부터 이해하게 되면 그냥 무작정 외우고 따라 하는 것보다 몇 배는 빠르게 자신의 것으로 만들 수가 있거든요."

"그래그래. 확실히 네가 가르치니가 머릿속에 쏙쏙 들어오고 몸에도 찰싹 달라붙는 것 같다. 솔직히 말하자면 강 사부보다 네가 더 잘 가르치는 것 같아."

"다들 천재시니까요. 재능이 하늘에 닿아 있다 보니까 우리 같은 범재와는 달리 한 번 들으면 열 가지를 깨우치

시거든요."

"하하하. 그건 맞는 말이네. 하지만 나와는 달리 너도 범재는 아닌 것 같은데?"

"아뇨. 저도 썩 재능이 뛰어나지 않아요. 그러니까 하루도 빼먹지 않고 매일 수련하고 또 수련하잖아요."

"그건……."

소자양은 말을 꿀꺽 삼켰다.

게서 더 말해 봤자 스스로 자신만 초라하게 만들 뿐이라고 생각한 것이었다.

이제 소자양에게는 그렇게 스스로를 초라하게 생각할 시간이 없었다. 타인과 비교하고 자신을 혐오할 여력이 있다면, 그럴 시간에 한 번이라도 더 주먹을 휘두르고 발길질을 하는 게 나았다.

아란으로부터 도망치면서 소자양은 자신이 얼마나 약한지를 철저하게 깨달을 수 있었다. 그러니 이제는 뒤를 돌아보지 않아도 되었다. 오로지 앞만 보고, 정면으로 나아가기만 해도 부족했으니까.

소자양은 씩씩하게 고개를 끄덕이며 조금 전 담호가 가르쳐 준 대로 내공을 사지백해로 퍼뜨리면서 자세를 잡고 균형을 맞췄다. 담호가 크게 고개를 끄덕이며 칭찬했다.

"좋아요! 아주 완벽한 자세입니다!"

"어머나, 정말 보기 좋은 장면이 아니니? 젊은 아이들이 저리 열심히 수련하는 광경은 말이지. 땀이 투명한 구슬처럼 반짝이는 게 얼마나 아름다워?"

나무가 우거져 그늘진 자리에 차탁을 끌어내 앉은 빙혼마고가 감탄하며 담호와 소자양을 바라보았다. 어깨를 나란히 하고 앉아 있던 야래향이 고개를 돌려 그들을 보고는 부드러운 미소를 지으며 고개를 끄덕였다.

"확실히 청춘인 게지."

"그러니까. 우리도 어렸을 적에는 저렇게 땀을 뻘뻘 흘리며 수련했잖아? 아아, 아직도 생각나네. 그 무더운 여름날의 수련을 마친 후 뛰어들었던 그 차갑고 시원했던 계곡물이 말이야."

그렇게 옛 생각을 떠올리던 빙혼마고는 문득 부르르 몸서리를 치며 짜증스레 투덜거렸다.

"그 빌어먹을 놈의 사부만 아니었더라면 정말 좋은 추억으로만 남았을 텐데 말이지."

어리고 밝고 탱탱한 젊음으로 충만했던 그 시절, 그렇게 목욕을 마친 빙혼마고는 곧장 사부의 밑에 깔린 채 그 더럽고 추악한 욕정을 고스란히 받아들여야 했다.

그렇게 몸을 더럽힌 후 다시 개울가로 나와 몸을 씻을 때의 그 불쾌하고 짜증스럽고 가슴 무너지던 감정이 하필이면 지금 새록새록 피어올랐던 것이었다.

야래향이 그런 빙혼마고를 다독이듯 말했다.

"이미 흘러간 일, 돌이켜서 뭐하겠니? 그저 우리 아이들에게는 좋은 추억만 남기를 바라야지."

빙혼마고는 매사 긍정적인 사람이 그러하듯 이내 유쾌한 표정을 지으며 고개를 끄덕였다.

"그건 그래. 그러니까 아직 힘을 내야겠지? 물론 지금이라도 은퇴해서 그이와 천하 유람을 다니고 싶지만."

"정말 말년에 너무 행복한 게 아니니?"

"하하하. 그럼 너도 괜찮은 사내 하나 잡아 봐. 보니까 당문에는 아직도 노총각이나 홀아비들이 많던데."

"됐네. 꼭 남편이 있어야만 행복한 건 아니니까. 나는 나만의 행복을 찾을 거야."

"그래. 그러면 되는 게야. 남들이 다 한다고 해서 나도 꼭 해야 할 이유는 없지. 다른 사람 말 들을 것도 없고 눈치도 볼 필요 없이, 자기가 좋으면 되는 거고 자기만 행복하면 되는 거지. 어차피 한 번뿐인 삶이고, 또 그 한 번뿐인 삶이 오롯하게 자기만의 것이니까 말이야."

"오래간만에 마고가 옳은 소리를 하네."

"뭔 소리야? 나는 늘 옳은 소리만 한다고. 사람들이 몰라서 그렇지."

빙혼마고는 그렇게 어깨를 으쓱거리다가 문득 망루 쪽으로 시선을 돌렸다.

조금 전까지 망루 꼭대기에 있었던 강만리와 당운보의 모습이 보이지 않았다. 그렇다고 화평장 다른 곳에서도 그들의 모습을 찾아볼 수가 없었다.

빙혼마고는 고개를 갸웃거리며 중얼거렸다.

"어라? 두 사람 모두 어딜 간 거지?"

"어라, 대장? 여긴 또 웬일입니까?"

석정이 반색하며 자리에서 벌떡 일어났다. 그 바람에 그의 벌거벗은 몸 전체에 덕지덕지 발라져 있던 검은 헝겊 같은 것들이 우수수 떨어졌다.

시종 마천이 눈살을 찌푸리며 빠르게 그 검은 헝겊들을 주워 모았다.

그건 석정의 몸에서 새어 나오는 독기를 흡수하는 습포(濕布)였다. 예순 가지 이상의 약재가 배합된 약물에 하루 이상 담근 천으로, 원래는 순백색이었으나 석정의 독기를 흡수하면서 지금처럼 검게 물든 것이었다.

"아니, 잘 있나 해서."

문을 열고 들어선 강만리는 활짝 웃으며 석정 곁으로 다가왔다. 뒤를 이어 당운보로 방 안으로 들어섰다.

당운보를 본 마천은 화들짝 놀라며 자리에서 벌떡 일어났다. 마치 조금 전 강만리를 본 석정의 모습과 하등 다르지 않았다.

"상태는 어떠냐?"

당운보의 물음에 마천은 존경 가득 담긴 얼굴로 대답했다.

"많이 좋아졌습니다. 갈수록 뿜어내는 독기가 미미해지고 있습니다. 석 형님의 상태가 지금 이 정도로라면 해독약을 미리 복용하는 것으로 가까이 다가가는 건 물론, 얼마든지 석 형님과 접촉할 수도 있을 겁니다."

"호오, 확실히 경과가 좋구나. 적어도 일 년 안에는 일반 사람처럼 다닐 수가 있겠는데?"

그러자 석정이 헤헤, 웃으며 살짝 몸을 꼬더니 부끄럽다는 듯이 조그맣게 물었다.

"그러면 그때는 처자들을 만나도 괜찮겠습니까?"

"하하하."

당운보가 크게 웃었다. 강만리가 눈살을 찌푸렸다.

"이런, 이런. 그렇게 계집 살결이 그리웠더냐?"

"뭐 그야……."

석정의 새까만 얼굴이 살짝 붉어졌다. 당운보는 미소를 머금은 채 고개를 끄덕였다.

"얼마든지 가능할 것 같구나. 하지만 이왕이면 한 처자만 만나는 게 낫겠지."

"아, 그야 당연하죠. 저도 형수같이 아름답고 현숙하고 착한 분을 만나서……."

적의 침공을 막는 방법 〈93〉

차마 말을 맺지 못한 석정은 쑥스럽다는 듯이 머리를 긁적이며 헤헤, 웃었다. 강만리는 울컥해져서 저도 모르게 퉁명스레 말했다.

"예예 같은 여자를 어디 그리 쉽게 만날 수 있겠느냐?"
"그, 그야 그렇겠죠. 단지 제 희망 사항일 뿐……."
"아니."

강만리는 근엄한 표정을 지으며 진지하게 말했다.

"대신 훨씬 더 아름답고 현숙하고 육감적이고 착한 여인을 만나게 해 주마. 내가 약속하고, 여기 계신 당 숙부께서 약속할 것이다."
"나, 나도 약속해야 하나?"
"물론이죠."

당운보는 살짝 당황했지만 이내 헛기침을 하며 엄숙하게 말했다.

"좋아. 나도 약속하지. 그러면 나도 내 아내보다 훨씬 더 아름답고 젊고……."

3. 봉황금시(鳳凰金匙)

아침부터 시작한 화평장 개보수(改補修) 작업은 밤늦게까지 계속 이어졌다. 앞이 하나도 보이지 않을 정도로 사위가 어두워져서야 비로소 작업을 끝낸 이들은 빠르게 몸을 씻은 다음 때늦은 저녁 식사를 하기 시작했다.

사람들은 식사를 마친 후 대청 탁자에 둘러앉아 잡담을 나누며 차를 마셨다. 강만리는 가만히 그들의 면면을 둘러보다가 문득 헛기침을 하며 말을 꺼냈다.

"앞으로의 계획에 대해서 말씀드리겠습니다."

일순 좌중이 조용해졌다. 사람들은 안 그래도 기다리고 있었다는 표정으로 강만리를 바라보았다.

강만리는 그런 시선들이 쑥스러운 듯, 혹은 부담되는 듯 다시 한번 헛기침을 하며 입을 열었다.

"다들 아시다시피 우리의 적은 오대가문과 태극천맹만이 아닙니다. 호시탐탐 대륙의 땅을 침범하고자 기회를 엿보는 새외팔천 역시 우리의 적이죠."

"아휴. 사설이 깁니다. 다 알고 있는 내용이니 그냥 본론으로 넘어가죠. 그래서 천축은 누가 맡고, 남만은 누가 맡는 겁니까?"

화군악이 답답하다는 듯이 곧장 본론에 관한 질문을 던졌다. 강만리는 그를 한 차례 노려본 다음 천천히 입을 열었다.

"군악 말대로 다들 알고 있을 터, 그럼 바로 말씀드리죠. 천축과 남만은 당 숙부와 마고, 우 부인, 거기에 석정…… 아, 그리고 마천이 맡아 주기로 하셨습니다."

일순 화군악과 담호, 소자양의 눈이 휘둥그레졌다. 담우천은 여전히 무표정했고, 장예추는 내심 짐작했다는 듯 천천히 고개를 끄덕였다.

"하지만……."

화군악이 입을 열려는 순간 강만리가 손을 들어 제지하며 말을 이어 나갔다.

"남만은 아시다시피 독으로 유명한 곳입니다. 당연히 당 숙부의 활약을 기대할 수 있는 곳이죠. 그리고 남만 너머에는 천축이 있습니다. 즉, 남만에서 일을 마친 후에 곧장 천축으로 이동할 수가 있는 거죠."

"하지만요."

화군악은 강만리가 막지 못하도록 빠르게 입을 열었다.

"남만이라면 몰라도 천축은 그야말로 무공의 강자들이 있는 곳, 강자를 추앙하고 추종하는 곳이지 않습니까? 아무리 당 숙부께서 독의 달인이라고 하시더라도 천축에서는 그 위세를 제대로 떨치지 못할 것 같은데요."

"안 그래도 천축에서는 뒷짐만 지고 있을 작정이네."

당운보가 미소를 머금으며 말했다. 화군악의 눈이 휘둥그레졌다.

"아니, 그러면 누가…… 설마 마고와 사부께서?"

화군악이 빙혼마고와 야래향을 돌아보자 그녀들은 빙

긋 웃으며 고개를 저었다.

"아니, 우리들은 그저 보조 역할을 맡았을 뿐이네."

"그럼 누가……."

화군악이 그렇게 의아한 표정을 지을 때였다. 맑고 경쾌한 웃음과 함께 잔뜩 신이 난 목소리가 그의 귓전에 들려왔다.

"천축에서는 내가 선봉이야, 화 동생. 하하하하!"

그렇게 껄껄껄 웃는 이는 다음 아닌 석정이었다. 화군악의 눈이 더욱 커다랗게 변했다.

"아니, 석정 형님이요?"

"왜? 내가 선봉을 맡으면 안 된다는 법이라도 있어?"

"아, 아뇨. 그게 아니라…… 그러니까……."

화군악은 살짝 당황하여 말꼬리를 흐리다가 황급히 말을 이었다.

"그러니까 아직 몸 상태도 완전하지 못한 상황에서 그런 위험한 일을 한다는 게……."

"그래서 선봉을 맡기신 거야."

석정은 어깨를 으쓱거리며 말했다.

"천축 또한 서장과 마찬가지로 대륙의 무공과는 달리 온갖 요술 같은 무공이 있다는 거야. 그곳에서 만약 내가 두각을 드러내면 다들 힘을 합쳐서 나를 물리치려 하겠지? 그리고 날 이기기 위해서라도 내 독기를 없애려는 방법도 찾아볼 테고."

"아!"

그제야 화군악은 이해했다는 듯 고개를 끄덕였다.

"그러니까 이른바 일석이조라는 거군요? 형님과 세 분 어르신의 무력으로 저들의 움직임을 봉쇄하는 동시에 형님의 완치까지 노려 보겠다는."

"그래. 사실 남만 역시 비슷한 의미다."

강만리가 말했다.

"남만 또한 독으로는 천하에서 다섯 손가락 안에 드는 곳. 그곳이라면 석정을 치료하거나 혹은 완성할 수 있는 뭔가가 있을지도 모르니까."

"으음. 그렇기는 하죠. 남만은 지금껏 유일하다고 알려진 독성(毒聖)이 탄생한 곳이라고 하니까요."

화군악이 고개를 끄덕이며 중얼거렸다.

그러자 당운보가 문득 입가의 미소를 지우고 진지한 표정을 지으며 말했다.

"그동안 남만은 종종 다녀왔다네. 독을 다루는 이들의 회합 같은 것에도 참석했고, 또 석정을 치료하는 방법에 대해서도 알아보고자 말이지. 솔직히 말한다면 지금 석정의 상태가 이 정도로 좋아진 데에는 남만 부족들의 도움이 매우 컸다네."

당운보의 말에 따르자면 남만에는 서로 다른 부족의 수

가 무려 백여 개가 넘는다고 했다. 물론 그중에서 가장 지명도가 높은 부족은 묘강(苗疆)의 천년고독묘(千年蠱毒墓)였지만, 그 천년고독묘에게 뒤지지 않는 실력을 지닌 부족도 수십 개나 된다는 것이었다.

"이참에 남만에 가게 되면 그동안 교류하지 않았거나 못했던 부족과 족속을 중점적으로 돌아볼 작정이네. 혹시 아나? 운이 좋아서 그 천하의 독성을 배출한 문파와 조우하게 될지?"

당운보는 그렇게 말하며 다시 미소를 머금었다.

남만에서 탄생한 독성 혈봉황(血鳳凰)이 대륙을 종횡하며 뭇 중원 고수들을 처참하게 패퇴시킨 건 약 삼백여 년 전의 일이었다.

그 충격과 공포가 얼마나 강대했는지, 그로부터 약 백 년이 지난 후 강호무림인들은 수시로 남만을 침공하여 그들의 신물(神物)을 빼앗고 협박하여 그들을 봉문(封門)하였다.

물론 대륙의 입장에서 보자면야 그 위대한 혈봉황으로 인해 워낙 큰 피해를 보고 더없는 충격과 공포를 겪었으니, 그들이 두 번 다시 강호에 그 모습을 드러내지 못하도록 하는 것이 마땅한 일이었다.

하지만 남만 족속들에게는 자신들의 신물을 중원인들에게 빼앗겼다는 분노와 수치, 증오만이 남게 되었다.

적의 침공을 막는 방법 〈99〉

당연히 지난 이백 년 가까운 세월 동안 복수의 칼날을 갈아 왔을 터. 종리군이라면 반드시 그 복수심을 이용할 계획을 수립하고, 진행했을 것이다.

"그러면 종리군 그 녀석에게 남만 부족의 신물들이 있겠군요?"

화군악의 말에 당운보는 고개를 갸웃거렸다.

"글쎄. 워낙 오래전의 일이라 그 신물들이 지금 어디에 있는지 아는 사람이 없으니까. 그리고 또 워낙 오랜 세월이 흐르면서 대부분의 부족은 아예 기존의 신물을 부정하고 새로운 신물을 만들기도 했으니까."

"그렇다면 종리군의 계획대로 남만의 모든 부족이 들고일어나는 일은 없을지도 모르겠네요?"

"그건 아니라고 생각하네."

"왜죠?"

"그 백여 개가 넘는 부족 중 가장 역사가 오래되고 규모가 큰 열아홉 개의 부족, 즉 남만을 호령하고 다스리는 남만십구족(南蠻十九族)의 부족들은 여전히 자신들의 신물을 추앙하고 있으니까. 그 남만십구족 중 한 곳이 묘강의 천년고독묘라면, 그들 십구족의 위세가 어느 정도인지 알 수 있겠지."

"아아……."

"심지어 만에 하나, 종리군이 봉황금시(鳳凰金匙) 같은 신물을 얻게 된다면…… 천년고독묘는 당연하며 십구족 전체, 더 나아가서 남만 전체를 움직일 수도 있을 걸세."

"봉황금시요? 봉황금시라……. 아, 어디선가 들어 본 기억이 있는데."

화군악이 고개를 갸웃거리며 기억을 더듬으려 할 때, 강만리가 핀잔을 주듯 입을 놀렸다.

"소림사에서 듣지 않았더냐? 어찌 벌써 그걸 잊어버린단 말이냐?"

"소림사…… 아, 그렇죠!"

화군악은 그제야 기억을 떠올린 듯 반색하며 연신 고개를 끄덕였다.

"네, 기억났습니다. 그때 담 형님과 비무를 벌이던 혜담대사를 암살한 배후를 두고 갑론을박을 벌일 때 확실히 현정성승께서 봉황금시 운운하셨죠? 남만의 모든 족속을 봉문하게 만든 물건이라면서요."

"흐음. 확실히 현정성승이시라면 봉황금시에 관해서 알고 계실 걸세."

화군악의 말에 당운보가 고개를 끄덕이며 말을 받았다.

"뭐, 당연한 일이겠지. 봉황금시에 대해서 알고 있는 사람이 아무리 적다고 하더라도 현정성승이 모르실 리는 없을 테니까."

그렇게 말하는 당운보는 여전히 엷은 미소를 머금고 있었지만 왠지 그 미소가 창백하게 느껴졌다.

 "그러니까 듣기로는 혈봉황이 남긴 유물이라고 한 것 같은데, 그 봉황금시가 도대체 뭡니까? 무슨 열쇠인데 남만 백여 족속의 모든 신물을 능가하는 위엄과 권능을 지니고 있는 겁니까?"

 화군악이 답답하다는 듯이 물었다.

 "설마하니 혈봉황의 모든 걸 이어받을 수 있는 거라도 되는 겁니까? 혹은 그의 무덤을 여는 열쇠라든지."

 일순 당운보의 눈이 휘둥그레졌다.

 "맞네. 바로 그 봉황금시는 전설의 독성이 잠든 묘역(墓域)을 여는 열쇠라고 알려져 있다네. 그걸 어찌 자네가……."

 "네에?"

 엉겁결에 때려 맞춘 화군악이 외려 놀라 소리쳤다.

 "진짜 그게 무덤 열쇠였습니까?"

4장.
황계의 능력

그런 가운데 모든 선객이 내리고
다시 새롭게 배에 오르는 손님들이 있었다.
그들 또한 온갖 짐을 짊어지고 있었는데,
그중 한 무리는 의외로 아무런 짐도 짊어지지 않았다.
무심한 눈길로 하역장을 둘러보던
독희의 눈빛이 한순간 반짝였다.

황계의 능력

1. 독희(毒姬)

 삼백 년 전, 묘강에서 시작하여 전 남만을 아우른 후 대륙을 정벌하다시피 했던 독성(毒聖) 혈봉황.

 봉황금시는 그 혈봉황의 신물이자 유품(遺品)으로, 남만 십구족을 휘하로 두고 묘강의 독문과 지금은 멸망한 남만 오독가(五毒家)를 좌우에 두어 천하를 호령할 수 있는 열쇠였다.

 혈봉황의 타계 이후, 그 치욕과 수모를 잊지 못한 대륙의 무림인들은 호시탐탐 기회를 엿보다가 남만의 모든 족속이 권력 투쟁으로 내분지란(內紛之亂)을 벌이는 틈을 타서 그들을 정벌하고 굴복시켰다.

또한 혈봉황의 유품인 봉황금시를 탈취한 후, 남만 모든 부족을 봉문시켰다. 봉황금시를 빼앗긴 이상 남만의 족속들은 그 명령에 따를 수밖에 없었다.

 그건 어쩔 수 없는 일이었다. 남만의 족속에게 있어서 봉황금시는 곧 혈봉황이었고, 또 혈봉황이 내리는 명령은 죽음으로 받들어야 했으므로.

 게다가 혈봉황의 유언 또한 그러했다.

 ─봉황금시를 지닌 자, 혹은 자신의 묘역을 열고 의발(衣鉢)을 전수받은 자의 말을 따르라. 그게 천년만년 남만의 맥(脈)을 잇는 유일한 방법일 터이니.

 그 유언 앞에서, 결국 남만의 모든 족속은 봉황금시를 손에 쥐고 봉문을 요구하는 대륙 무림인들의 말을 거역할 수는 없었다.

 그리하여 이백여 년 전, 결국 남만십구족을 비롯한 백여 족속은 대륙과 단절한 채 자신들만의 삶을 살아가기 시작했다.

 당시 봉황금시를 수호하던 문파는 혈봉황의 오른팔이라고 할 수 있었던 묘강 독문이었다.

 대륙 무림인들에게 봉황금시를 빼앗긴 그들 수뇌부는 그 책임을 물어 모두 자결하였다.

이후 독문은 누구도 나가지 못하고, 또 들어오지 못하게 철저하게 문을 걸어 잠갔으니, 지금의 천년고독묘가 바로 그 묘강 독문과 연관이 있다는 사실을 아는 자는 세상에 거의 존재하지 않았다.

그렇게 이백 년 가까운 세월이 흐르면서 혈봉황과 봉황금시의 권위를 무시하거나 혹은 잊거나 혹은 비하하는 자들이 생겨났다. 놀랍게도 한때 혈봉황의 왼팔을 자처했던 남만 오독가가 바로 그중 하나였다.

그들은 이미 이백여 년이나 지난 일로 지금껏 대륙으로 세력을 넓히지 못하는 동족을 비웃고 비난했다. 그리하여 오독가는 삼십여 년 전 마침내 대륙으로 진출을 선언했고 또 때마침 당시 대륙에서 발발한 정사대전을 핑계로 대륙에 발을 담갔다.

하지만 여전히 혈봉황을 숭상하고 그의 유지를 받드는 남만의 다른 족속들에 의해 오독가는 멸망했으니, 대륙으로 나섰다가 겨우 살아남게 된 오독가의 인물들은 제각기 뿔뿔이 흩어져 그 생사를 알 수 없게 되었다.

그렇게 귀하고 중한 봉황금시가 수백 년 세월이 흐른 후, 어떻게 해서 잔뜩 먼지가 쌓인 채 의창표국의 창고 깊숙한 곳에 처박히게 되었는지에 대해서 아는 사람은 없었다.

어쩌면 대대로 전해지는 동안 봉황금시가 어떤 물건인지 잊은 채 전당포에 팔렸을 수도 있었고, 또 어쩌면 봉황금시를 보관하던 문파가 수백 년 세월을 견디지 못한 채 소멸되었을 수도 있었다.

또 어쩌면 실력 좋은 도적이 훔쳤을 수도 있었고, 아니면 내부자 중 누군가가 몰래 빼돌렸을 수도 있었으며, 또는 내부 권력 다툼 와중에 소실되었을 수도 있었다.

이백 년 세월이란, 그동안 무슨 일이 벌어져도 전혀 이상하지 않을 정도로 길고도 긴 세월이었으니까.

어쨌든 무슨 이유인지는 모르겠지만, 그렇게 의창표국 창고 깊숙한 곳에 잠들었던 봉황금시는 신흥 세력인 형문파가 의창표국을 멸문케 하고 그 재산을 모조리 강탈하는 과정에서 세상에 모습을 드러내게 되었다.

하지만 형문파 또한 그 봉황금시가 어떤 물건인지, 어떤 용도로 사용하는 열쇠인지 모른 채 자신들의 지하 보고(寶庫)에 처박아 두었다.

만약 종리군이 아니었더라면 봉황금시는 형문파의 지하에서 다시 수백 년 세월 동안 잠들었을 것이리라.

한편 새외팔천의 봉기(蜂起)를 위해 그중 한 곳인 남만을 찾았던 종리군은 남만의 부족들이 봉문한 이유를 듣게 되었고, 수년간의 추적 끝에 그 봉문의 열쇠라 할 수 있는 봉황금시가 형문파에 있다는 사실을 알게 되었다.

당시 형문파의 소문주인 장백두는 금해가주 초일방으로부터 전해 받은 느닷없는 파혼으로 인해 절망하고 있을 때였다. 종리군은 그런 장백두를 찾아가 복수를 도와 주겠다는 명목으로 봉황금시를 받을 수가 있었다.

더불어 종리군은 천년고독묘의 독희로 하여금 그를 매료시키도록 하였다.

독희의 매료술(魅了術)은 강호에 존재하는 섭혼술(攝魂術)이나 색공(色功)과는 그 부류가 달라서, 시간이 흐르거나 시전자와 떨어져 있어도 한 번 걸린 매료술은 절대 해제되지 않았다.

또한 독희의 문파인 천년고독묘는 고독(蠱毒)이라는 독물을 능수능란하게 구사할 줄 알았으며, 상대의 몸속으로 들어간 그 고독은 혈맥을 타고 심장 혹은 뇌로 이동한 채 시전자의 명령에 따라서 상대방의 마음과 정신을 조종했다.

그렇게 독희의 매료술과 고독술(蠱毒術)에 사로잡힌 장백두는 말 그대로 심신(心身) 모두 그녀의 것이 되고 말았다.

* * *

섬서성 서안에서 사천으로 이어지는 물길을 몇 차례 바꾸면서 배를 타고 남쪽으로 향하는 객선(客船) 갑판에는 한 명의 여인이 늦여름의 바람을 쐬며 한가로이 물길을 둘러보고 있었다.

 나이는 대략 이십 대 초중반, 피부는 까무잡잡하였으나 그래서 훨씬 더 탄력 넘쳐 보이는 살결을 지니고 있었다.

 풍만한 젖가슴과 잘록한 허리와 탱탱한 허벅지를, 계절에 어울리기는 하지만 너무나도 외설적으로 보이는 얇은 능사의(綾紗衣)로 감싼 매혹적인 자태는 뭇 사내들의 곁눈질을 쉴 새 없이 받는 중이었다.

 여인의 주변에는 그녀를 따르는 시녀들로 보이는 대여섯 명의 소녀들이 있었는데, 그녀들 또한 다들 육감적인 몸매를 지니고 있었다.

 이곳까지 배를 타고 오는 동안, 여인의 요염하고 육감적인 외모에 혹한 몇몇 담(膽) 큰 사내들이 헛기침하며 몇 번이고 그녀에게 다가왔다. 그럴 때마다 주변의 소녀들은 말없이 가만히 그들을 쏘아보았다.

 그 눈빛을 본 사내들은 마치 뱀의 그것에 사로잡힌 개구리처럼 정신이 몽롱해지고 온몸이 오싹해져서 허둥지둥 그 자리를 벗어나야만 했다.

 '겨우 이런 사내들 때문에 이백여 년 동안 봉문해야만 했다니. 내 아이들의 눈빛 하나마저도 감당하지 못하다니 말이야.'

 여인은 길게 한숨을 내쉬었다.

 보면 볼수록 겪으면 겪을수록 한숨만 나오는 사내들이

었다. 대륙의 사내들 수준이 겨우 이 정도에 불과했다는 게 믿어지지 않을 정도로, 그녀가 만나 온 무림인들은 한 없이 나약하고 부족하며 형편없는 존재들이었다.

수년 전의 어느 날 갑자기 찾아온 종리군을 따라서 묘강을 떠나 강호에 들어서지 않았더라면 그녀는 아직도 대륙의 사나이들이 귀신보다 무섭고 범보다 용맹하다는 착각에 빠져 있었을 터였다.

'그렇게 생각하면 이 모든 게 총사 덕분이야.'

여인은 그렇게 생각하면서 늘씬한 몸매와는 어울리지 않는, 살짝 부풀어 오른 제 배를 부드럽게 쓰다듬었다.

문득 부드럽고 다정한 종리군의 목소리가 그녀의 머릿속으로 스며들었다.

"서안에서의 일은 이제 네가 없어도 해결할 수 있을 것 같구나. 게다가 이제 홑몸도 아니니 친정으로 돌아가서 안정을 취하고 있도록 하라."

종리군은 그렇게 말했고, 독희는 이번에도 거절하려 했다. 묘족의 여인은 전쟁터에서 아이를 낳는 법이었다. 임신했다고 몸을 추스르거나 안정을 취하는 것처럼 나약한 모습은 묘족의 여인과 어울리지 않았다.

하지만 종리군은 부드럽고 다정했으나 한편으로는 엄정하고 단호했다.

"아니다. 일전에는 양보했지만 지금은 아니다. 갈수록 배는 불러 올 것이고, 움직이기 힘들어질 게다. 내게 도움이 되지 못한다면 더는 내 곁에 있을 필요가 없다."

여인은 입술을 깨물었다. 종리군은 계속해서 말했다.

"게다가 이제 봉황금시를 가지고 가 묘강과 남만 모든 족속의 봉문을 풀 때도 되었다. 그러니 독희, 네가 먼저 그곳에 가서 모든 부족의 수장을 한자리에 불러 모아라. 내 이곳 서안의 일을 마치는 대로 곧장 천년고독묘로 달려갈 터이니. 그 정도는 해 줄 수 있지 않겠느냐?"

종리군의 말은 확실히 이지적으로 논리적이었다. 명분도 있었고, 실리도 충분했다. 무엇보다 촌각이 천금과 같이 귀중한 시간을 아낄 수가 있었다.

결국 여인, 독희는 고개를 끄덕이며 그의 명령에 따랐다. 종리군은 다시 한없이 자상한 얼굴로 말했다.

"그럼 시종 몇을 데리고 가도록 하라."

독희는 거절했다.

"괜찮습니다. 제 아이들만으로도 충분합니다."

"그래? 그녀들로 충분할까?"

"그녀들이 감당하지 못한다면 다른 어떤 시종이나 하인들도 막지 못할 겁니다. 그러니 저는 더 이상 걱정하지 않으셔도 됩니다."

독희의 고집을 꺾지 못한 종리군은 그녀를 부드럽게 쓰

다듬으며 거듭 당부했다.

"부디 조심하고 또 조심해야 한다. 강호는 네 생각보다 훨씬 더 위험한 곳이니."

독희는 종리군의 행동과 말에서 충실한 사랑과 행복을 느끼며 고개를 숙였다.

"그럼 천년고독묘에서 모든 준비를 마치고 총사를 기다리겠습니다."

독희는 이후 다섯 명의 시녀와 함께 서안을 떠나 묘강으로 향했다.

물론 서안에서 묘강까지 단번에 가는 뱃길은 없었다. 여러 번 배를 갈아타고 혹은 물길을 번갈아 이용하면서 사천까지 남하한 다음, 그곳에서부터는 육로를 따라 움직여야 했다.

아무래도 배 속의 아이를 생각한다면 걷는 것보다는 말이 나을 테고, 말보다는 마차가 좋은 이동 수단이었다.

'성도부는 위험하다고 했으니 대읍현이나 아안현까지 뱃길로 간 다음, 그곳에서 마차를 구해야겠다.'

독희가 그런 생각을 할 때였다.

이리저리 분주하게 갑판 위를 오가던 선부(船夫)들이 큰 소리로 외치기 시작했다.

"일각 후 광원포(廣元浦)에 당도합니다!"

"광원포에서 내릴 손님들은 짐을 챙기십시오!"

독희는 그들의 고함에 퍼뜩 상념에서 깨어나 전면을 바라보았다. 십여 장 강폭의 물길 저편 멀리 선박들이 정착해 있는 커다란 나루가 보였다. 바로 산서성과 사천성의 경계에 있는 광원포였다.

독희를 태운 선박이 천천히 물길을 가르며 나루에 접안(接岸)했다. 갑판의 선부들이 줄을 던지자 나루에 서 있던 인부들이 그 줄을 잡아당기며 묶었다.

이윽고 배가 멈추고 사다리가 내려졌다. 수십 명의 선객이 온갖 짐을 가득 짊어진 채 배에서 내렸다.

그 순간 기다리고 있던 백여 명의 일꾼이 앞다퉈 그들에게 달려갔다. 여기저기에서 호객하는 소리와 흥정하는 고함이 들려왔다.

"수레 한 차에 은자 닷 푼이오!"

"지게 하나에 동전 스무 냥이오!"

"아이쿠! 짐은 이리로 주시고 편히 움직이시면 됩니다요!"

"뭐야? 내가 잡은 손님이거든! 다른 곳으로 꺼지라고!"

내리는 선객에 비해 몰려든 일꾼들이 훨씬 많게 되자 사방에서 험한 욕설이 오가며 금방이라도 싸울 것만 같은 분위기로 변했다.

그야말로 아수라장이 따로 없었다.

그런 가운데 모든 선객이 내리고 다시 새롭게 배에 오르는 손님들이 있었다. 그들 또한 온갖 짐을 짊어지고 있었는데, 그중 한 무리는 의외로 아무런 짐도 짊어지지 않았다.

무심한 눈길로 하역장을 둘러보던 독희의 눈빛이 한순간 반짝였다.

언뜻 보면 한가로이 세상을 구경하는 유람객처럼 보였으나, 무림인이라면 그것도 상당한 실력을 지닌 무림인이라면 그 무리의 면면이 절대로 평범한 사람들이 아님을 충분히 감지할 수가 있었다.

그리고 독희는 비록 무림인은 아니었지만 어지간한 실력을 지닌 무림인보다 훨씬 더 뛰어난 안목과 육감을 지니고 있었다.

'고수들이다.'

독희는 두 명의 중년 부인과 한 명의 노인, 그리고 두 명의 사내와 한 명의 시종으로 구성된 무리를 날카로운 눈빛으로 훑었다.

2. 종리군의 근황(近況)

며칠 전.

그러니까 십삼매가 몇몇 수하를 이끌고 화평장을 찾아온 것은, 강만리들이 늦은 식사를 마치고 차를 마시며 당원보 일행을 묘강으로 보내겠다는 이야기를 하고 있을 때였다.

"무슨 일이야?"

강만리가 떨떠름한 표정을 지으며 그녀를 맞이했다. 십삼매는 퉁명하고 쌀쌀맞은 강만리의 태도에도 아랑곳하지 않은 채 방긋 웃으며 자리에 앉았다.

담호가 재빨리 일어나 그녀에게 차를 대령했다.

"어머나, 고마워라."

십삼매는 활짝 웃으며 담호에게 말했다.

"여인들에게 인기가 많겠구나. 그렇게 눈치가 빠른 걸 보니."

담호는 머쓱한 얼굴로 제자리에 앉았다.

"무슨 일이냐니까?"

강만리가 재차 물었다.

그러거나 말거나 십삼매는 차분하고 우아하게 차를 한 모금 마시고는 가볍게 고개를 끄덕였다.

"좋은 차네요. 아주 맛있게 끓였어요."

"당연하지. 내가 끓였으니까."

빙혼마고가 어깨를 으쓱거리며 말했다.

"역시 그래서 이렇게나 맛있는 거군요."

십삼매의 칭찬이 기분 좋은 듯 빙혼마고는 활짝 웃으며 직접 그녀에게 차를 따라 주었다. 그 광경을 보던 강만리는 심통이 난 표정으로 다시 한번 소리치듯 말했다.

 "대체 무슨 일로 왔냐고, 몇 번이나 묻게 만드는 게야?"

 그제야 십삼매는 강만리를 돌아보며 웃었다.

 "아휴, 성미도 급하셔라. 가만히 있으면 어련히 다 알아서 말씀드릴까. 그렇게 급하시니 어쩔 도리가 없죠. 좋아요. 말씀드리죠. 두 가지 건에 대해서 보고드리러 왔어요."

 "두 가지?"

 강만리가 고개를 갸웃거렸다.

 "하나야 포로로 잡은 노기인들에 관한 이야기일 터고, 다른 하나는?"

 십삼매는 역시, 하는 눈빛으로 강만리를 쳐다보다가 천천히 입을 열었다.

 "천소유를 비롯한 노기인들은 본 계의 지저갱이라고 할 수 있는 곳으로 모두 이동, 수옥(囚獄)했어요. 그들이 내세운 세 가지 조건, 그러니까 고문이나 협박 같은 게 없는 안전과 자유로운 생활을 보장하겠다는 것과 그리고 반드시 반년 후 풀어 주겠다는 것, 이 세 가지 조건을 모두 받아들였죠. 솔직히 말하자면 감금 기간에 대해서 양

측 의견이 달라서 조금 난항을 겪기는 했지만 그래도 반년으로 적당하게 타협을 봤답니다."

강만리는 말없이 물끄러미 십삼매를 지켜보았다.

비록 말은 저리 쉽게 하고 있으나 그 깐깐하고 고집 세고 자존심 강한 정파의 노기인들을 반년 동안 감금하는 일이었다. 당연히 그 협상 과정은 생각보다 어렵고 지난했을 터였다.

그렇게 생글생글 웃으며 말을 마친 십삼매는 다시 차를 한 모금 마신 후 빙혼마고를 향해 새삼 감탄하며 대화를 나눴다.

지켜보고 있던 강만리가 짜증스럽다는 듯이 이맛살을 모을 때, 그제야 비로소 십삼매는 제일 중요한 본론을 꺼내 들었다.

"그게 첫 번째 보고이고요. 두 번째는…… 종리군의 근황에 관해서입니다."

일순 사람들의 눈빛이 달라지고 표정이 경직되었다.

종리군의 근황인 게다.

사실 까놓고 말하자면, 가장 단순하게 생각해서 굳이 새외팔천을 상대할 필요 없이 종리군만 해치우면 모든 게 해결된다고 할 수 있었다.

새외팔천의 준동은 곧 종리군의 계획으로부터 시작되었고, 또 종리군이 있기에 그들의 연합이 가능한 것이었다. 그러니 종리군만 해치운다면 새외팔천은 구심점을 잃고 지리멸렬할 게 분명했다.

아울러 오대가문, 아니 건곤가의 책사(策士), 경천회의 총사(總師)까지 한꺼번에 해치우는 일이니, 이야말로 일거삼득(一擧三得)의 쾌거라 할 수 있었다.

하지만 종리군은 언제나 장막에 가려져 있고 신비함에 둘러싸인 존재였다. 그의 동향은 누구도 알지 못했으며, 그의 행적은 아무에게도 알려지지 않았다.

그저 동에서 번쩍, 서에서 번쩍하면서 대륙 전역에 그 영향력을 행사하는 모습을 두고 주변 사람들은 그에게 열두 명의 분신(分身)이 있지 않을까 추측했다.

그 종리군의 근황인 게다.

어찌 강만리의 눈빛이 날카롭게 변하고 표정이 딱딱하게 굳어지지 않을 수가 있겠는가.

십삼매는 그런 강만리의 모습이 마음에 들었다는 듯 방긋 웃으며 다시 찻물을 마셨다.

강만리는 입술을 깨물며 그녀를 노려보았다. 십삼매는 그 눈빛이 심상치 않음을 깨닫고는 얼른 찻잔을 내려놓으며 입을 열었다.

"그동안 우리는 모든 정보망을 동원하여 소야의 행적을 뒤쫓고 있었어요. 이곳 화평장에서 루호와 함께 사라진 직후부터 지금까지, 전력을 다해 그들의 은거지를 수

소문하던 참이었어요."

'당연한 일이지.'

강만리는 내심 중얼거렸다.

소야 위천옥은 그야말로 수천만 근의 폭약에 비견되는 괴물이었다. 오대가문과 태극천맹을 폭발시키려면 반드시 그를 제어하고 다룰 줄 알아야 했다.

하지만 지금 상황은 꽤 묘하게 돌아가고 있었다. 천둥벌거숭이이나 독불장군인 위천옥을 훈계하고 가르치고 제어하던 공적십이마의 세 노인 모두 목숨을 잃었다. 거기에 놈을 구속하던 유령교의 봉공 허 노야마저 함께 죽음을 당했다.

즉, 이제 그를 제어하고 구속하던 그 모든 것들이 사라진 셈이었다. 그리하여 처음으로 만나게 된 진정한 자유, 과연 그 자유로운 삶을 살아가게 되었을 때 과연 소야 위천옥은 어떤 존재로 변하게 될까.

그건 아무도 모르는 일이었다.

하지만 평소 그의 광포하고 흉악한 성정으로 미뤄보 자면, 사상 최악의 살인마가 될 가능성이 농후했다.

어쩌면 공적십이마나 무림오적과는 비교도 되지 않을 정도로 흉악한 죄를 저지르는 사상 최고의 공적(公敵)으로 몰릴 수도 있었다.

'그렇게 되도록 놔두는 것도 나쁘지는 않겠지. 세상의

시선이 그에게로 쏠리게 된다면 우리가 은밀하게 활동할 수 있는 범위가 넓어질 테니까.'

강만리는 문득 그렇게 생각하다가 이내 고개를 저었다.

'아니, 그래도 놈을 제어할 방법 하나 정도는 강구해 둬야겠지. 만약 놈이 우리의 적이 된다면 외려 오대가문보다도 더 성가시고 두려운 존재가 될 수 있을 테니까.'

그러니 황계가 끝까지 소야 위천옥을 쫓아서 그를 제어하고 구속하는 일은 강만리에게도 그리 나쁜 일은 아니었다.

강만리의 상념이 빠르게 이어지는 와중에도 십삼매의 이야기가 계속 이어졌다.

"그동안 각지에서 소야와 루호의 행방에 대한 온갖 정보가 들어왔죠. 물론 대부분 잘못된 정보이었어요. 사람을 착각했거나 혹은 현상금을 받으려는 이들의 거짓 정보도 있었고요."

"흐음. 그게 다 황계 내부 사람들일 텐데도 그런 일을 저지르나?"

"황계 내부 사람이라고 하기에는 온갖 하류(下流) 인생들투성이니까요. 그들 대부분은 황계에 대한 충성심보다는 어떻게든 한몫 잡아서 신분 세탁하려는 욕망으로 가득 찬 자들이죠."

황계의 능력 〈121〉

"그렇군. 별것 아닌 걸로 괜히 이야기를 방해했어. 계속 말해 보게."

강만리가 미안하다는 표정을 지으며 말했다. 십삼매가 웃으며 말을 이어 나갔다.

"그 수많은 정보 중에서 조금 낯설고 희한한 게 하나 있었어요. 다름 아닌 공동파(崆峒派) 제자들이 황계 측에 전달한 정보였는데, 소야로 짐작되는 청년과 또 다른 사내가 서안 방향으로 이동하고 있다는 내용이었죠."

"공동파? 공동파가 왜요?"

화군악이 의아하다는 표정을 지을 때였다.

"아! 설마……."

강만리가 문득 생각난 바가 있다는 표정으로 중얼거렸다. 사람들의 시선이 그에게로 향했다.

"왜, 다들 알잖아? 그 십만대산에서 가져온 취몽월영의 유품들 말이야. 그걸 팔기 위해서 각자 평소 알고 지내던 거간꾼들을 찾아갔던 것 말이지."

"아, 기억납니다. 그때 다들 묘안석이니 야광주니 들고 대륙 전역으로 흩어졌었죠."

화군악이 알은척하며 말했다.

십만대산에서 가지고 온 취몽월영의 유품 가격은 실로 방대하기 그지없어서 그 어떤 갑부라 할지라도 혼자서 매입할 수 있는 양이 아니었다.

그래서 담우천과 설벽린들은 예전에 익히 알고 지냈던 거간꾼과 장사꾼들을 찾아가 그 보주들을 팔았다. 그때 설벽린이 우연찮게 공동파와 인연을 맺게 되었다.

 "벽린에게 들었지. 느닷없이 나타난 위천옥이 공동파 정문을 박살 내고 그 도궁(道宮)을 반쯤 허물고 사라졌다고 말이지. 그래서 공동파 도사들로부터 반드시 놈을 찾아 달라는 청부를 받았다고 말이야."

 "아, 그런 일이 있었습니까?"

 "음? 너는 듣지 못했나 보네."

 "저는 생각이 납니다."

 화군악과는 달리 장예추는 고개를 끄덕이며 말했다.

 "당시 설 형님께서 그곳에서 첫사랑을 만났다느니 뭐니 하고 말씀하셨던 기억도 있습니다."

 "그랬지. 뭐, 어쨌든…… 그때부터 지금까지 공동파 나름대로 위천옥의 행방을 수소문하고 있었다면…… 그리하여 마침 이곳 성도부에서 서안으로 가기 위해 위천옥과 루호가 공동파 세력권을 지나쳤더라면, 당연히 공동파 도사들이 알아차렸을 게야."

 "그러니까 위천옥의 무위가 두려워서 차마 그들을 건드리지는 못하고 그 대신 설 형님과 이어져 있는 황계에게 정보를 건넨 모양이로군요. 천하의 공동파가 그것참……."

 화군악이 씁쓸하다는 듯이 혀를 찼다. 누구 하나 그의

말에 토를 다는 사람이 없었다.

"어쨌든 우리는 공동파의 정보가 믿을 만하다고 생각했어요. 그래서 그 정보를 토대로 서안 일대의 감시망과 정보망을 강화했답니다."

십삼매는 미미한 미소를 흘리면서 입을 열었다.

"그런데 얼마 전, 서안 쪽에서 수상한 동향이 있다는 보고가 있었어요. 그건 바로 서안 오룡상가 사람들이 누군가를 찾느라 서안 전역을 쑤시고 돌아다닌다는 보고였어요. 그리고 잠시 그 동향을 지켜본 결과, 그들 또한 소야를 찾고 있는 중이었죠."

"으음."

가만히 듣고 있던 담우천이 묘한 신음을 흘렸다.

"그들이 왜 소야를?"

장예추가 고개를 갸웃하며 중얼거렸다.

"왜긴 왜겠어? 화평장에서 소야를 확인했기 때문이겠지."

화군악이 당연하다는 듯이 말했다.

"종리군 그 녀석은 게서 소야 그놈이 얼마나 무섭고 두렵고 공포스러운 존재인지 확인했을 테니까. 그래서 소야를 가만히 놔두면, 황계가 소야를 계속 조종하게 놔두면 훗날 더 큰 피해를 입을 거라고 생각했을 테니까."

"그렇군. 그래서 그 위험을 제거하기 위해서 반드시 소야를 죽이려고 종리군의 오룡상가 놈들도 소야의 행방을 쫓고 있는 거였나?"

 장예추가 중얼거렸다. 강만리는 문득 십삼매를 돌아보며 물었다.

 "그런데 그것과 종리군의 근황과는 무슨 관계가 있는 건가? 설마 하니 서안 오룡상가에 종리군이 직접 모습을 드러내서 지시를 내린 건 아닐 테고."

 "어머, 맞아요."

 십삼매가 눈을 휘둥그레 뜨며 고개를 끄덕였다.

 "지금 종리군은 서안에 있어요. 몇몇 시종과 시녀, 하인들과 함께 말이에요."

 일순 사람들의 눈빛에 살기가 스며들었다. 대청 분위기가 급속도로 차갑게 얼어붙었다.

 지금이야말로, 놈의 행적이 드러난 바로 지금이야말로 놈을 죽일 수 있는 절호의 기회라는 게 그들의 공통된 내심이었다.

 십삼매는 차분한 어조로 말을 이었다.

 "그런데 그 종리군의 시녀 중 몇 명이 서안을 떠나 다시 남하하고 있다는 소식이 바로 사흘 전에 전해 왔답니다."

 "시녀 중 몇 명이라니?"

 강만리가 고개를 갸웃거렸다.

"아니, 왜 우리가 종리군도 아닌 일개 시녀 몇 명에게 관심을 둬야 하는데?"

"그게 아무래도 평범한 시녀가 아닌 것 같아서요."

십삼매는 묘한 미소를 머금은 채 말했다.

"보고에 따르자면 그녀의 피부는 곤륜노처럼 까무잡잡하고, 장신구는 대륙 여염집 처자들이 착용하는 일반 장신구와 그 부류가 다르다고 합니다."

"아무래도 한인(漢人)이 아닌 게로구나."

십삼매는 강만리의 말에 동의한다는 듯 고개를 끄덕이며 계속해서 말을 이어 나갔다.

"게다가 그녀는 임신이라도 한 듯 배가 불룩하다고 했어요. 대충 사오 개월 정도는 된 것처럼 보인다네요."

"그게 왜요?"

화군악이 묻자 강만리가 눈살을 찌푸리며 대꾸했다.

"임신한 몸으로 종리군을 따라 서안까지 동행했다. 그러니 과연 그녀가 평범한 시녀나 수하였다면 그렇게까지 했겠냐는 뜻이겠지."

"아아."

"바로 그 부분이 미심쩍어서요."

십삼매는 고개를 끄덕이며 말했다.

"우리 정보 분석가들의 이야기를 들어 보자면 아무래도 그녀가 밴 아이가 종리군의 씨앗일 가능성이 매우 클

거라고 하더군요."

 일순 사람들의 표정이 급변했다.

 3. 열쇠

 광원포에서 승선한 무리는 곧장 선수(船首) 갑판 쪽으로 걸어왔다.

 독희를 호위하는 여인들의 눈빛이 달라졌다. 그녀들 또한 지금 저렇게 태연자약하게 걸어오는 일단의 사람들이 절대 평범하지 않다는 사실을 직감적으로 느끼고 있었다.

 "정말 날씨가 좋지 않습니까? 이제 곧 가을이네요."

 이십 대 후반에서 삼십 대 초반으로 보이는 잘생긴 사내가 유쾌하게 떠드는 목소리가 그녀들의 귀에까지 들려왔다. 사내는 계속해서 주위를 둘러보며 목청 좋은 목소리로 떠들었다.

 "정말 오래간만에 하는 배 여행이 될 것 같습니다. 그런데 재미있는 게 매번 배를 탈 때마다 기이하고 평범하지 않은 사건 사고들이 발생한다는 사실이거든요. 마지막으로 배를 탔을 때만 하더라도 수적들이 배를 통째로 납치하려다가……."

"그만 좀 해라."

두 명의 중년 부인 중 한 명이 살짝 눈살을 찌푸리며 사내를 말렸다.

"네가 전세 낸 것도 아니고 다른 여객들도 이리 많은데 그렇게 떠들면 폐가 되지 않겠느냐?"

"아, 그렇군요. 죄송합니다. 하하하! 제가 너무 흥이 넘쳐서 떠드는 바람에 여러분께 폐를 끼친 것 같습니다."

사내는 문득 뱃전에 모여 있던 독희 일행을 향해 싹싹하게 사과했다. 독희가 가볍게 고개를 저으며 말했다.

"괜찮아요. 사과하실 거 없어요."

공손하고 정중한 표현이었지만 아직 어눌하게 느껴지는 한어였다. 그래도 불과 일 년 전의 그녀를 떠올린다면 이 정도 한어를 구사하는 건 실로 장족의 발전이었다.

독희의 말투를 들은 사내의 눈빛이 묘하게 반짝였다. 그는 부드럽게 웃으며 그녀에게 물었다.

"말투를 들어 보니 한인은 아니신 것 같은데 실례가 안 된다면 어느 방면의 고수이신지요?"

"그걸 왜 그대에게 말해야 하나요?"

독희보다 먼저 그녀를 에워싸고 있던 여인들이 먼저 날카롭게 응수했다.

"우리 아가씨는 바쁘니까 괜한 시비 걸지 말고 이만 물러나세요. 좋은 말로 할 때 말이에요."

하지만 사내는 넉살 좋게 웃으며 말했다.

"하하하! 시비라니, 너무 과한 표현이구려. 단지 나는 앞으로 한배를 타고 오랫동안 함께 여행할 사이이니 서로에 대해서 조금이라고 알아 두는 게 나을 거라고 생각해서 여쭤본 것이오."

"그러니까 필요 없다니까요."

아직 앳되어 보이는 소녀가 능숙한 한어로 쏘아붙였다.

"같은 배를 탔다고 해서 함께 여행하는 것도 아니고, 또 우리 아가씨와 말 붙일 일도 없으니까 이만 가시라고요."

그러자 다섯 명의 시녀 중 가장 나이가 많아 보이는, 서른 살 안팎으로 보이는 여인이 앞으로 한 걸음 나서며 정중하게 말했다.

"보아하니 강호 무림인들 같은데 우리는 강호 무림과는 아무런 관계가 없는 평범한 사람들입니다. 그러니 괜한 오해가 생기기 전에 이쯤에서 물러나 주시기 바랍니다."

그녀의 말투는 정중했고 이치에 맞았다. 막무가내로 다가서려던 사내도 더는 어떻게 할 방도를 찾지 못한 듯 머쓱한 표정을 지으며 사과했다.

"죄송하오. 오래간만의 여행이라 너무 들뜬 나머지 무례를 범한 것 같소이다. 사과드리리다."

"그리 말씀해 주시니 저희도 한결 마음이 편해졌습니다. 그럼 가시는 길까지 안전하게 가시기를."
"여러분도 즐거운 여정이 되시기를."
사내와 여인이 그렇게 인사를 나눌 때였다.
"출항합니다!"
"다들 잊은 짐이 없는지 다시 한번 확인 부탁드립니다!"
선부들이 여기저기 뛰어다니며 소리쳤다.
사내는 곧 여인들을 향해 목례하고는 곧바로 일행과 함께 선실로 향했다. 예약한 방으로 향하는 복도에서 예의 그 중년 부인이 사내를 나무랐다.
"군악, 너는 왜 그렇게 대책 없이 행동하는지 모르겠다. 이제 슬슬 철이 들 나이도 되지 않았느냐?"
"그러니까 말입니다. 평소에는 이렇게까지 나대지 않는데 말이죠."
군악, 화군악은 싱긋 웃으며 대꾸했다.
"아무래도 사부 앞에서는 예전의 그 어린 꼬마, 소독아로 되돌아가는 것만 같습니다."
"그게 말이나 되는 소리더냐?"
중년 부인이 재차 타박했지만 화군악은 계속해서 싱글거리며 말했다.
"어쨌든 그래도 무작정 말은 건 덕분에 몇 가지 확실하게 알게 된 게 있으니 나름대로 소득이 있었잖습니까?"

"에휴. 말이나 못하면."

중년 부인은 한숨을 내쉬며 고개를 설레설레 저었다.

바로 이 중년 부인은 다름 아닌 야래향이었고, 또 다른 중년 부인과 노인은 갓 혼인한 빙혼마고와 당운보였다. 그리고 또 다른 사내는 석정이었으며, 시종 마천도 함께 자리하고 있었다.

사실 이들이 광원포의 이 객선에 오른 건, 십삼매의 정보를 토대로 세운 강만리의 계획 때문이었다.

* * *

"그 여인이 누가 되었든, 그리고 그 여인이 누구의 아이를 가졌든 지금 상황에서 가장 확실한 건 종리군을 지근거리에서 모시는 심복이라는 사실입니다. 어쨌든 그를 따라 서안까지 함께 움직인 몇 안 되는 사람들 중 한 명이니까요."

강만리는 말했다.

"그런 심복이 허튼 이유로 종리군의 곁을 떠나지는 않았을 겁니다. 분명 뭔가 중요한 목적이 있고, 그 임무를 수행하기 위해서 종리군에게서 벗어나 남하하는 중이겠죠. 그러니 우리는 반드시 그녀를 사로잡아야 합니다."

지금껏 종리군은 언제나 강만리들보다 한두 걸음 앞서 있었다. 저 여진의 칸을 비롯한 새외팔천도 그러했고, 백팔원로와 무림십왕을 동원하여 화평장을 기습한 일도 마찬가지였다.

종리군은 평범한 적이 아니었다.

그는 한때 무림오적의 후보로 오른 자였다. 그의 조부는 황계의 유능한 일꾼이었으며, 또 그는 어린 시절부터 황계에 속한 채로 자라나 황계에서 뼈가 굵은, 즉 황계의 모든 속사정을 꿰뚫고 있는 자였다.

게다가 무림오적에 관한 한 오대가문이나 태극천맹의 그 누구보다도 잘 알고 있는 자가 바로 종리군이었다.

그렇기 때문에 언제나 강만리들보다, 황계보다 한발 빠르게 움직일 수가 있었고, 또 그런 까닭에 강만리들은 언제나 그보다 한 걸음 늦게 대응해야만 했다.

하지만 이번에는 달랐다.

종리군의 심복 중 한 명이라고 여겨지는 그녀를 사로잡기만 한다면, 그리하여 그녀의 입에서 종리군에 관한 정보를 얻어 낼 수 있다면……

"그녀는 우리가 종리군보다 한 걸음 앞서게 만들 열쇠가 될 겁니다."

강만리는 그렇게 자신했다.

물론 강만리는 그녀가 천년고독묘의 인물이라는 사실

을 모르고 있었다. 또한 그녀에게 봉황금시라는 열쇠가 있는지도 몰랐다.

단지 황계의 저 촘촘한 정보력과 세밀한 분석을 통해서 그녀야말로 지금 이 난해하고 어지럽게 꼬인 정국을 타개할 수 있는 유일한 열쇠임을 직감한 것이었다.

강만리는 말했다.

"우선 그녀가 지금 어떤 여정(旅程)으로 움직이는지부터 확인해야 할 것 같습니다. 아, 그건 또 황계의 도움을 받아야겠고."

"도움이라니요. 당연히 우리가 해야 할 일인데요."

"그렇지? 절대 빚이 아니다."

강만리의 다짐에 십삼매는 활짝 웃으며 고개를 끄덕였다.

"그래요. 빚이 아니에요. 뭐, 지금까지 받아 내야 할 빚만으로도 충분하니까요."

강만리는 눈살을 찌푸린 후 재차 입을 열었다.

"그럼 황계의 보고가 들어올 때까지 당 숙부께서 묘강과 남만에 들르시는 건 잠시 미루기로 하죠. 지금의 추측대로라면 그녀의 여정 또한 그 방면으로 이어질 듯하니까 말입니다."

"으음. 자네가 그리 말한다면야."

"그리고 원래보다 한 명 정도 더 인원을 늘려야 할 것

황계의 능력 〈133〉

같습니다. 아무래도 그녀의 무위가 어느 정도인지 정확하게 알 수 없으니까요."

"그럼 제가 가죠."

화군악이 끼어들며 말했다.

"벽린 형님이 안 계시는 한, 여인을 상대하는 건 예추나 담 형님보다 제가 나을 테니까요."

가만히 있던 장예추가 인상을 찌푸렸다. 담우천은 처음처럼 무심한 얼굴이었다.

강만리도 장예추처럼 인상을 찡그렸다. 막상 화군악보다 나은 대안이 없다는 사실에 그의 인상은 더더욱 찌푸려졌다.

"뭐, 그렇게 하지. 설마 우 부인과 동행하는 자리에서까지 난동을 부리지는 않을 테니까."

"에이, 언제 또 제가 난동을 부렸다고……."

"됐다. 너와 이야기하면 네 머리만 아파지니까, 그런 걸로 하고. 그럼 이제 황계의 정보가 들어오는 것만 기다리면 되겠구나."

강만리는 참새를 쫓듯 손을 휘이휘이 내저으며 그렇게 결론을 맺었다.

황계의 정보력은 천하제일이라 할 수 있었다. 얼마 가지 않아서 황계는 그녀가 배를 타고 이동 중이라는 걸 파악했으며, 또한 그 객선은 이틀 후 광원포에 당도할 것이라는 사실까지 알아냈다.

그리하여 야래향과 빙혼마고, 당운보, 화군악과 석정, 그리고 마천으로 꾸려진 여섯 명의 별동대는 곧바로 광원포를 향해 움직였다.

* * *

그들이 빌린 선실은 이 객선에서 가장 크고 좋은, 이른바 최고급 손님들만 묵는 선실 중 하나였다. 놀랍게도 황계는 바로 이 선실 옆 방에 그녀와 일행이 묵는다는 정보까지 입수했다.

화군악은 객선으로부터 미리 준비된 말린 과일 하나를 집어 먹으며 당운보에게 물었다.

"역시 남만 사람이던가요?"

"글쎄."

당운보는 달라붙듯이 바로 옆에 앉은 빙혼마고를 살그머니 밀어내면서 입을 열었다.

"내가 보기에는 묘족 같더구나. 그녀가 차고 있던 이국적인 장신구들 몇 개가 꼭 묘족의 그것 같아 보여서."

"이야, 벌써 장신구들까지 확인하셨어요?"

"그야……"

"그야 뭐 확실히 아름다운 여인이니까요. 당 숙부 말씀대로 뭐랄까, 이국적인 미모를 지녔다고나 할까. 그런 여인이라면 아무래도 집중해서 볼 수밖에 없겠죠."

"아니, 그게 무슨……."

당운보가 살짝 당황해할 때, 밀려 나갔던 빙혼마고가 더더욱 바싹 다가앉으며 그의 팔꿈치를 꼬집었다. 당운보는 흠칫한 얼굴로 빠르게 말했다.

"그녀가 어느 방면의 인물인지 확인하게는 게 가장 중요한 일이 아닌가? 그러니 주의 깊게 보았을 뿐이지, 내가 뭐 그녀의 미모에 마음이 동해서 그랬을 리가 있겠느냐?"

요 며칠 당운보 부부의 닭살이 돋는 행동에 염증을 느꼈던 화군악은 지금 이렇게 난감해하는 당운보의 모습이 매우 즐겁다는 듯이 싱글거리며 말했다.

"네, 네. 물론이죠. 다들 그렇게 말씀하시니까요. 같은 유부남으로서 저도 이해합니다."

빙혼마고가 재차 당운보를 꼬집었다. 당운보는 식은땀을 흘리며 화군악을 노려보았다. 화군악은 짐짓 모른 척 고개를 돌리며 딴청을 피웠다.

"어쨌든 반은 해결한 것 같네요. 당 숙부께서 보신 그녀의 장신구를 통해 그녀가 묘족의 여인이라는 걸 알게 되었으니까요. 묘족이라…… 그럼 역시 천년고독묘 쪽 인물일까요?"

"글쎄다."

당운보가 이를 갈 듯 말했다.

"묘족에 꼭 천년고독묘만 있는 게 아니니, 조금 더 살펴보고 확인해야 할 것 같다."

"네. 그럼 당 숙부만 믿겠습니다. 계속해서 그 미모의 여인을 살펴보고 관찰하고 주시해 주시기 바랍니다."

화군악은 싱글거리며 말했다.

5장.
촉견폐일(蜀犬吠日)

사천 일대를 집어삼켰던 안개가 사라진
요 며칠 제법 날씨가 좋다 싶더니,
또다시 하늘에는 먹구름이 잔뜩 껴서
한없이 우중충해 보였다. 이래야 했다.
한없이 맑고 깨끗한 푸른 하늘은 사천에 어울리지 않았다.
개들조차 해를 보면 낯설어 짖는다는
촉견폐일(蜀犬吠日)의 사천이었다.
구름으로 뒤덮인 하늘이야말로
사천의 하늘인 것이었다.

촉견폐일(蜀犬吠日)

1. 백도 정파의 노인네

 광원포를 출발한 객선은 물길을 따라 곧장 남하했다. 사천의 드넓은 땅은 크고 작은 수십 갈래의 물길로 갈라져 있었다. 아란의 연풍채가 장악했던 기주의 구당협 역시 그 수십 갈래의 물길 중 하나였다.
 객선은 성도부 북쪽에서 중강(中江)으로 물길을 바꾼 다음 다시 청성산을 지나기 직전 남쪽으로 흐르는 민강(岷江)으로 이동하여 악산(岳山)까지 내려왔다.
 물길은 변화무쌍하여 바다라고 할 정도로 드넓은 강폭을 자랑하기도 했으며, 혹은 선부들이 강물로 뛰어들어 배를 끌 수 있을 정도로 수심이 얕은 곳도 있었다.

그렇게 화군악 일행이 이 객선에 승선한 지 이틀째로 접어들던 아침이었다.

객선 측에서 마련한 식사를 끝낸 화군악은 심술이 난 표정으로 투덜거렸다.

"정말 이렇게 맛없는 식사는 오래간만이라니까."

사람들이 쓴웃음을 흘렸다.

확실히 이 객선 숙수의 요리 솜씨는 그리 뛰어난 편이 아닌 모양이었다. 이틀 동안 객선에서 내놓은 음식 중 가장 맛있었던 게 어디에서나 흔히 볼 수 있는 가장 평범한 만두였으니까.

화군악의 투정은 게서 끝나지 않았다.

"게다가 어차피 민강을 타는 거였더라면 성도부에서 하루 정도 더 머물러도 괜찮았는데 말이죠."

"하지만 그건 어디까지나 결과론에 불과하네. 광원포에 이를 때만 하더라도 그녀들이 민강을 탈지, 가릉강(嘉陵江)이나 적수하(赤水河) 쪽으로 물길을 바꿔서 이동할지 미처 몰랐으니까. 그러니 성도부에서 하루 정도 마냥 게으름을 피우는 것보다는 미리 광원포를 찾아서 이 배에 오르는 게 확실히 옳은 일이네."

당운보가 지극히 상식적인 말로 화군악의 투정을 맞받아쳤다. 이틀 전, 화군악의 짓궂은 농담으로 인해 빙혼마고에게 몇 차례 꼬집힌 이후 당운보는 사사건건 화군악의 말에 토를 달고 반박하였다.

화군악은 쓴웃음을 흘리며 내심 중얼거렸다.

'참 겨우 그 정도 장난으로 이틀씩이나 삐치시다니. 영 나잇값을 못하시는 분이라니까.'

물론 그건 어디까지나 화군악의 생각에 불과했다. 화군악의 입장에서 보자면야 그 정도 농담과 장난은 늘 해 오던 것이었고, 그의 동료들 역시 매번 익숙하게 받아넘기거나 혹은 맞받아쳤다.

어쨌든 그런 소소한 장난들이 서로의 의리와 우애를 돈독하게 한다고나 할까, 화군악은 그렇게 생각하고 있었다.

반면 당운보는 전혀 그렇게 생각하지 않았다.

명문가인 사천당문에서 수십 년 동안 독종주의 지위를 누리며 뭇사람들에게 존경과 경외를 받던 그였다. 그 오랜 세월 동안 그에게 농을 걸거나 장난을 치려고 하는 자는 단 한 명도 없었다.

그런 당운보에게 있어서 화군악의 장난은 장난이 아니라 윗사람에 대한 불경이자, 그의 권위에 대한 도전이었다. 빙혼마고에게 몇 번이나 꼬집힌 바람에 이렇게까지 화가 난 건 결코 아니었다.

사실 그녀의 꼬집음은 거의 애교에 가까웠고, 그녀가 힐난하듯 쳐다보는 눈빛은 외려 성적인 쾌감까지 느낄 정도로 매력적이었으니까.

'처음부터 너무 가벼워 보였다. 내 마고에게 허물없이 대하는 태도도 마음에 들지 않았고, 명색이 사부인 우 부인을 함부로 끌어안는 건 더더욱 믿어지지 않았다.'

당운보는 근엄한 눈빛으로 화군악을 직시하였다.

사실 당운보도 나름대로 사천당문 내에서는 늘 유쾌하고 농담 잘하고 장난기 많은 인물로 알려져 있었다.

그러나 화군악은 선을 넘었다. 그러니 함부로 선을 넘는다는 게 얼마나 나쁘고 잘못된 일인지 이참에 똑똑히 가르쳐 주어야 했다. 그게 존장(尊長)의 임무이자 역할이니까.

분위기가 사뭇 냉랭해지자 석정이 두 사람의 눈치를 보며 입을 열었다.

"그런데 이 옆 선실, 조용해도 너무 조용한 거 아닌가요? 마치 꿀 먹은 벙어리들만 있는 것 같잖아요. 그때 갑판에서는 그토록 매섭게 쏘아붙이던 사람들이 말이죠."

"흠, 아닌 게 아니라 나도 약간 의아하다고 생각하던 참이었다."

당운보가 고개를 끄덕이며 입을 열었다.

"허구한 날 잠만 자는 것도 아닐 테고, 그렇다고 면벽수련하는 것도 아닐 터. 그런데 시끄럽게 떠드는 소리는커녕 조그맣게 소곤거리는 소리도 들리지 않으니……."

지난 이틀 동안 화군악 일행은 벽에 귀를 댄 채 옆 선실의 동향을 염탐했다.

이미 화군악의 천조감응진력은 극성에 이르렀고, 심지어 개미가 지나가는 소리도 들을 수 있는 경지에 올라 있었다. 그런 화군악조차 옆 선실 여인들의 숨소리 외에는 아무것도 들을 수가 없었다.

"모든 대화를 전음술로 나누는 건 아닐까요?"

화군악이 묻자 당운보가 고개를 끄덕이려다가 황급히 가로저으며 말했다.

"설마 그 정도로 보안에 철저할 거라고는 믿고 싶지 않은데? 무엇보다 그녀들 여섯 명 모두 전음술을 펼칠 정도의 고수는 아니라고 생각하네."

물론 전음술을 펼친다고 해서 고수인 건 아니었다. 전음술의 비법을 따로 익히지 않는 이상에는 아무리 절정의 고수라고 하더라도 펼칠 수가 없는 게 전음술이었으니까.

하지만 자유자재로 전음술을 펼치려면 최소한 삼사십 년 이상의 내공이 필요한 것도 사실이었다. 즉, 적어도 일류급 이상의 수준이 되어야만 전음술을 익힐 수 있었다.

지금 당운보는 다섯 명의 시녀 모두가 그 정도 내공을 지니지는 않았을 거라고 말하고 있는 것이었다.

화군악은 당운보의 말에 반박하려다가 무슨 생각을 했는지 이내 마음을 바꾸고는 화제를 돌렸다.

"처음부터 말씀드린 방법이기는 합니다만, 사실 이렇게 벽에 귀를 대고 염탐하는 치사한 행동보다는 당당히 쳐들어가서 그녀들을 단숨에 제압한 다음 일일이 심문하는 게 훨씬 쉽고 간단한 일이 아닐까 싶은데요."

아닌 게 아니라 평소의 화군악이라면 능히 그렇게 했을 터였다. 또 야래향이나 빙혼마고도 그런 화군악의 행동에 딴죽을 걸지 않았을 것이다.

하지만 당운보가 반대하고 있었다.

"그럴 수는 없네."

당운보는 단호한 어조로 반대 의사를 피력했다.

"그녀들이 무슨 죄를 범하고 무슨 잘못을 저질렀는지 모르는 이상, 그렇게 함부로 그녀들의 심신을 억압할 수는 없는 일이니까. 무엇보다 그녀는 임산부가 아닌가? 만약 우리가 그녀를 함부로 대하다가 행여라도 배 속의 아이를 잃기라도 한다면, 그리고 그녀에게서 그 어떤 잘못도 찾아내지 못한다면, 그때는 과연 우리가 그녀에게 무엇으로 속죄할 수 있겠는가?"

'이래서 백도 정파 노인네들이 싫다니까.'

살짝 노선(路線)이 다르기는 하지만 어쨌든 사천당문 역시 역사가 유구한 백도 정파 중 하나였다. 그러니 태극천맹의 백팔원로들과 생각하는 것이나 지향하는 바가 비슷한 게 너무나도 당연했다.

화군악은 한숨을 삼키며 입을 열었다.

"죄라는 게 별거 있겠습니까? 종리군의 심복 중 한 명이라는 것 자체가 죄이자 잘못이니까요."

"아니, 나는 그렇게 생각하지 않네."

당운보는 화군악에게 삐쳐서가 아니라, 진심으로 그렇게 생각하고 있다는 듯 진지한 표정으로 말했다.

"적의 수하라면 무조건 죽여도 된다고 생각하나? 우리에게 그 어떤 해도 끼치지 않았는데, 아무런 잘못도 범하지 않았는데 오직 적의 수하라는 사실 하나만으로 우리가 그의 생사여탈권을 쥘 수 있다고 생각하나? 그렇다면 잘못 생각하고 있는 것이네."

당운보는 근엄한 모습으로 말을 이었다.

"심증과 추측과 추론만으로 사람을 해치고 죽이기 시작한다면 세상은 온통 피바다로 변할 것이고, 사람들은 모두 살인귀가 될 것이며, 살아남은 자보다 죽은 자들이 수백 배는 더 많게 될 것이야. 도리라는 게 있고 정의라는 게 있으며 인정이라는 게 있는 이상, 모든 죄는 반드시 그 증거가 있어야만 벌을 내릴 수가 있는 것이네."

"하지만……."

화군악은 재차 반론하려다가 입을 다물었다.

평생을 저런 생각으로 살아와, 이제는 바뀔 리가 없는 연배의 노인이었다.

아무리 전대의 살인귀이자 색녀였던 빙혼마고와 혼인했다 한들, 그 근본적인 사고방식은 백도 정파의 오만하고 자존심 강하고 대의와 정의에 충실한 그 늙은이들과 하등 다르지 않았다.

예서 더 말을 섞는다면 자칫 돌아올 수 없는 강을 건널지도 몰랐다.

그래서 화군악은 입을 다물고 고개를 끄덕였다.

"알겠습니다. 당 숙부의 말씀에 따라, 반드시 그녀들에게서 증거를 확보하겠습니다."

"고맙네."

당운보는 그제야 굳은 표정을 풀고 빙긋 웃으며 말했다.

"솔직히 말하자면 자네들의 근본이 나와 달라서 조금은 걱정하고 있던 참이었네. 하지만 이렇게 말이 통하고, 또 정론에 따라 자신의 주장을 꺾거나 수정할 줄 아는 걸 보니 역시 내 선택이 잘못되지 않았음을 확신하게 되었네."

"고맙습니다, 좋게 봐주셔서."

겉으로는 온순하게 대답하는 것과는 달리 화군악은 내심 투덜거리고 있었다.

'마고의 남편만 아니라면 진짜……'
정말 얽히기 싫은 백도 정파의 노인네였다.

2. 남만의 미녀를 범한다면

답답한 마음에 화군악은 선실을 빠져나왔다.
사천 일대를 집어삼켰던 안개가 사라진 요 며칠 제법 날씨가 좋다 싶더니, 또다시 하늘에는 먹구름이 잔뜩 껴서 한없이 우중충해 보였다.
이래야 했다. 한없이 맑고 깨끗한 푸른 하늘은 사천에 어울리지 않았다. 개들조차 해를 보면 낯설어 짖는다는 촉견폐일(蜀犬吠日)의 사천이었다. 구름으로 뒤덮인 하늘이야말로 사천의 하늘인 것이었다.
'마치 지금의 내 심정을 보는 것 같군그래.'
화군악은 쓴웃음을 흘리며 주위를 둘러보았다.
날씨가 언제 비가 내릴지 모를 것처럼 우중충하다 보니 갑판에는 선객의 모습이 보이지 않았다.
화군악은 천천히 갑판 중앙을 가로질러 난간으로 향했다. 물길이 거친 걸 보니 확실히 비가 올 것만 같았다. 그는 강물을 내려다보며 길게 한숨을 내쉬었다.
"괜히 따라왔나?"

심사가 복잡하고 어지러웠다.

처음에는 즐겁고 흥겨운 여정이 될 줄 알았다. 어쨌든 오래간만에 사부와 함께 하는 여행이었으니까.

예전 어린 시절의 추억을 떠올리지 않더라도 확실히 가슴 두근거리는 일들이 많을 거라고 확신했다.

게다가 종리군 그 녀석의 아이를 가졌을지도 모르는 여인의 얼굴도 볼 수 있다 싶었다. 녀석의 취향이 어떻게 변했는지 알 수 있는 좋은 기회라고 생각했다.

'호리호리하고 백옥 같은 피부에다가 순진하게 생긴 미모의 여인이 녀석의 취향이었는데 말이지.'

그런데 놀랍게도 녀석의 아이를 잉태했을지도 모르는 이 여인은 남만 이국의 까무잡잡하고 탱탱한 육체를 지니고 있었다. 그간 종리군의 취향이 바뀐 것일까, 아니면 그만큼 범위가 넓어진 것일까.

'하기야 그 자하신녀문의 공주를 생각하자면 취향이 바뀐 건 아니지 싶은데.'

난간에 기댄 화군악은 저도 모르게 피식 실소를 흘렸다.

그리고 보니 종리군이 좋아했던 여인들, 초운혜나 자하신녀문의 공주의 처녀(處女)를 화군악이 차지한 셈이 되었다. 아니, 확실하게 화군악이 종리군보다 먼저 그녀들과 잠자리를 가졌다.

'날 배신한 이유 중 하나가 초운혜 때문이라고 알고 있는데…… 자하신녀문의 공주까지 내가 먼저 먹어 치운 걸 알게 된다면 과연 녀석이 어떻게 나올까?'

그런 의미에서 보자면 저 남만의 이국적인 미녀는 아쉽고 아까웠다. 그녀마저 내가 먼저 잠자리를 가졌어야 하는데, 하는 아쉬움이 화군악의 뇌리에 스며들었다.

"뭐, 지금이라도 나쁠 건 없기는 한데."

그렇게 중얼거리는 화군악의 눈앞에 당운보의 그 근엄하고 진지한 얼굴이 떠올랐다. 화군악의 얼굴이 절로 찌푸려졌다.

만약 화군악이 남만의 미녀를 범한다면, 그리고 그 사실을 당운보가 알게 된다면 그때는 그야말로 되돌아올 수 없는 관계가 될 터였다.

"젠장. 정말 이래저래 할 수 있는 일이 아무것도 없다니까."

화군악이 그렇게 투덜거릴 때였다.

마침 선실로 이어지는 문이 열리고 한 명의 소녀가 모습을 드러냈다. 화군악의 시선이 반사적으로 그녀에게 향했다.

이내 화군악의 눈빛이 반짝였다. 그 소녀는, 남만의 미녀를 모시는 다섯 시녀 중 가장 나이 어린, 바로 그 소녀였다.

소녀는 사각(死角)에 위치한 화군악을 미처 발견하지 못한 채 종종걸음으로 갑판에 나섰다. 화군악은 황급히 그녀와 반대쪽으로 이동했다.

갑판에 나선 소녀는 마치 기지개를 켜듯 양팔을 높이 들며 이리저리 허리를 틀었다. 그러고는 뭔가 제대로 알아들을 수 없는 언어로 투덜거렸다. 아무래도 남만이나 묘강의 언어인 모양이었다.

화군악은 선실을 사이에 둔 채 소녀를 염탐하듯 바라보며 고개를 갸웃거렸다.

'불만이라도 있는 표정 같은데?'

확실히 소녀의 얼굴은 잔뜩 심통이 나 보였다. 그녀는 화군악과 반대편 난간으로 걸어가더니 양손을 허리에 올린 채 거친 물살을 향해 뭔가 빠르게 쫑알거렸다.

열일곱여덟 살 정도로 보이는 앳된 용모였지만, 몸매는 전혀 그렇지 않았다. 익을 대로 익어서 농염하다 못해 살짝 찌르기라도 하면 그대로 과즙이 툭 터져 나올 정도로 육감적이고 매혹적인 몸매였다.

특히 두 다리를 단단히 버티고 선 채 살짝 허리를 굽히고 난간 밖 물길을 내려다보는 그녀의 뒷모습은, 그 얇은 천으로 만들어진 옷을 뚫고 나올 정도로 탱탱한 둔부와 잘록한 허리와 단단해 보이는 허벅지의 윤곽은 때마침 훔쳐보는 화군악의 아랫도리를 불끈거리게 만들기에 충분했다.

'허어. 저 어린 나이에 저런 색기를 품고 있다니…….
원래 저쪽 지방 여인들은 다 그런가?'

화군악은 문득 종리군의 심복인 그녀를 떠올렸다.

그녀 또한 아랫배가 불룩한 것만 제외한다면, 지금 저 소녀보다 몇 배는 더 농염하고 매혹적이며 육감적인 몸매를 지니고 있었다. 아무래도 종리군 그 녀석의 취향이 그쪽으로 바뀐 게 분명했다.

잠시 상념에 사로잡혔던 화군악은 이내 정신을 차리고 머리를 굴렸다.

'아니, 저 어린 꼬마 계집에게 홀려 있을 때가 아니지. 지금 저렇게 혼자 나와 있을 때가 저들의 사정에 대해서 알 수 있는 좋은 기회가 아닐까?'

화군악은 곰곰이 생각했다.

'무작정 협박하고 심문하는 건 당 숙부가 끔찍하게 생각하는 일이지만 그조차 모르게 하면 상관없는 게 아닌가?'

그렇게 생각하다가 문득 화군악은 저도 모르게 화가 치밀어 올랐다.

'언제부터 내가 그런 걸 가지고 고민하게 되었지? 내 멋대로, 마음대로 말하고 행동하던 소독아는 어디로 간 거지?'

애당초 규범이라든지 예의범절이라든지, 도리나 도의라든지 하는 건 화군악과는 어울리지 않는 말들이었다. 만약 그에게 그런 것들이 있었더라면 처음부터 정소흔을 강간하지 않았을 테고, 아니 소독아 시절부터 사람들에게 독니를 드러내지 않았을 터였다.

 화군악은 처음부터 지금까지 살아남기 위해서 치열한 싸움을 벌여 왔던 인물이었다. 사천당문이라는 거대한 울타리 속에서 보호받으며 자라고 평생을 살아온 당운보와는 애당초 삶의 궤적이 달랐다.

 그런데 느닷없이 빙혼마고의 남편이 되어 화평장의 존장 자격으로 이것저것 지적하고 규제하고 반대하는 것이다. 굳이 화군악이 그런 당운보의 말을 따를 이유가 있을까.

 화군악의 눈빛이 반짝였다.

 '그래, 나는 어디까지나 화군악이다. 언제나 어금니에 독을 품고 다니는 소독아란 말이다!'

 내심 그렇게 소리친 화군악은 곧바로 자리를 벗어나 그녀를 향해 다가갔다.

 후두둑!

 때를 기다렸다는 듯이 비가 쏟아지기 시작했다. 이국(異國)의 소녀는 눈살을 찌푸리며 하늘을 올려다보았다.

 화군악은 소리 없이 갑판을 가로질러 그녀의 등 뒤로

다가섰다.

 비록 소녀 또한 무공을 익힌 고수였지만, 바로 등 뒤까지 접근하는 화군악의 기척을 눈치챌 정도로 뛰어난 고수는 아니었다.

 당연한 일이었다. 지금 화군악의 무위는 상승의 경지를 벗어난 절정의 경지, 그 절정에서도 최고 수준이라고 할 수 있는 초절정의 경지에 올라 있었다.

 화군악이 마음먹고 접근한다면 저 천하의 백팔원로들마저도 자신의 등 뒤로 바짝 다가서는 그의 기척을 알아차리지 못할 정도의 무위라 할 수 있었다.

 소녀는 손바닥을 펼치며 비가 오는지 확인하고는 이내 그 종달새 같은 목소리로 투덜거렸다.

 그녀는 곧 선실로 돌아가려는 듯 몸을 돌리다가, 바로 등 뒤에 서 있는 화군악을 보고는 깜짝 놀라 비명을 질렀다. 아니, 비명을 지르려 했다.

3. 역린(逆鱗)

 그러나 화군악이 더 빨랐다.
 그는 소녀가 비명을 지르기 위해 막 입을 열려는 순간 빠르게 그녀의 아혈(啞穴)을 찍었다. 순식간에 벙어리가 된 소녀는 당황하고 놀라고 황급해하는 와중에도 신속하게 주먹을 뻗어 화군악의 얼굴을 후려쳤다.

물론 이번에도 화군악이 더 빨랐다.

화군악은 살짝 어깨를 틀어서 그녀의 주먹을 피하는 동시에 다리를 걸어 그대로 넘어뜨렸다. 동시에 그녀의 몸 위로 올라타더니 두 손으로 소녀의 양손을 제압하고 두 다리로 그녀의 허벅지를 감싸듯 포갰다.

그 한 번의 동작으로 소녀는 갑판에 누운 채 꼼짝달싹할 수가 없게 되었다.

소녀는 지글지글 타오르는 눈으로 화군악을 쏘아보며 뭔가 소리쳤다. 하지만 아혈을 점혈당한 그녀의 입에서는 그 어떤 소리도 나오지 않았다.

후두두둑, 떨어지던 빗방울이 이내 빗줄기로 변했다.

쏴아아아!

거친 빗줄기가 화군악의 머리와 등에, 그리고 화군악의 아래에 깔린 소녀의 얼굴과 가슴으로 쏟아지기 시작했다.

이내 그녀의 얇은 옷이 몸에 찰싹 달라붙었고, 나이에 어울리지 않는 풍만한 젖무덤과 젖꼭지가 고스란히 그 모습을 드러냈다.

'그래, 이게 화군악인 게지.'

화군악은 탐욕스러운 눈빛으로 소녀의 비에 젖은 얼굴

과 가슴을 내려다보았다.

　악독한 눈빛으로 화군악을 노려보며 들리지 않는 고함을 내지르던 소녀의 눈가가 파르르 떨렸다. 본능적으로 화군악이 지금 무슨 짓을 하려는지 눈치챈 것이었다.

　쏴아아!

　거대한 장대비가 갑판 위로 내리꽂혔다.

　타타타탁!

　빗소리가 유난히 크게 울려 퍼지는 가운데, 화군악은 손을 바꿔 한 손으로 소녀의 두 손목을 옭아매듯 꽉 쥐었다.

　소녀는 있는 힘을 다해 몸부림치며 화군악에게서 빠져나가려고 저항했다. 그러나 그녀는 화군악의 완강한 힘을 감당하지 못한 채 속수무책으로 자신의 아랫도리가 벗겨지는 수모를 겪어야만 했다.

　자유롭게 움직일 수 있는 화군악의 손길은 거칠고 투박하게 소녀의 옷자락 끈을 풀어 헤치고 잡아당겼다. 소녀의 잘록한 허리의 맨살이 고스란히 모습을 보이는가 싶더니 이내 펑퍼짐한 골반까지 그대로 드러났다.

　화군악은 여전히 두 다리로 그녀의 허벅지를 꽉 움켜쥔 채 서둘러 자신의 허리끈을 풀어 헤치고 바지를 내렸다.

　소녀의 눈빛이 더욱 표독해졌다. 그녀의 몸부림도 더더욱 심해졌다.

화군악은 한 마디도 하지 않았다. 오로지 그녀의 허벅지 안쪽, 그녀의 고향처럼 밀림으로 뒤덮인 그 안쪽의 동굴을 향해 자신의 잔뜩 흥분하여 우뚝 선 물건을 집어넣는 데 집중하고 있었다.

한순간 소녀는 저도 모르게 눈을 꽉 감으면서 이를 악물었다. 물기 한 점 없는 그곳으로 거대한 물건이 무지막지한 속도로 밀려들었던 까닭이었다. 격통과 충격이 그녀의 하복부에서 뇌리까지 일순간에 관통했다.

쏴아아아!

장대한 빗소리가 아무도 없는 갑판에 내리치는 가운데 씩씩거리는 화군악의 숨소리만이 희미하게 들리고 있었다.

얼마나 시간이 흘렀을까.

결국 소녀는 반항하는 걸 포기한 듯 더는 움직이지 않았다. 축 늘어진 몸으로 속절없이 화군악을 받아들이는 가운데, 그러나 여전히 소녀의 그 눈빛만은 금방이라고 그를 잡아먹을 듯이 노려보고 있었다.

'좋아! 언제까지 버티나 보자.'

화군악도 이를 악물었다.

그는 빙혼마고로부터 채음보양술을 익혔다. 또한 그는 저 전설적인 색마(色魔)들인 음양쌍마(陰陽雙魔)에게서 모든 색공(色功)을 전해 받았다.

무엇보다 화군악은 어떻게 해야만 여인의 몸을 절정으로 이끌 수 있는지, 몸과 마음을 무너뜨리고 함락할 수 있는지에 대해서도 완벽하게 깨우쳤다.

 심지어 그가 저 건곤가의 음양인(陰陽人)이었던 한조를 철저하게 함락시켰던 비기(祕技)가 바로 그 수법들이 아니었던가.

 그 한조마저 결국에는 무너져 내렸던 화군악의 방중술(房中術)에 일개 이국의 소녀가 견뎌 낼 리 만무했다.

 게다가 그녀는 처녀가 아니었다. 이미 남녀 간의 정사(情事)에서 얻는 전율스러운 쾌감과 정신을 놓아 버릴 정도로 아찔하고 아득한 절정을 알고 있는 몸이었다.

 처음에는 목석처럼 단단하기만 하던 그녀의 몸이 어느 순간부터 허공에 붕 뜬 듯한 느낌에 휩싸이는가 싶더니, 발끝이 절로 오그라들고 무릎 안쪽이 파르르 떨리면서 허벅지에 잔뜩 힘이 들어가기 시작했다.

 그녀는 제 의지와는 상관없이 느닷없이 찾아온 쾌감과 절정의 입구 속에서 정신을 차리고자 더더욱 이를 악물고 화군악을 노려보았지만 소용이 없었다.

 이미 그녀의 몸은 그녀의 지배를 벗어났다. 마치 자신의 것이 아닌 양 그녀의 몸을 저절로 파닥파닥 뛰기 시작했으며 허리는 활처럼 휘어졌다.

 지금껏 느꼈던 그 어떤 황홀함보다도 더 거대하고 완벽

하고 거친 쾌락의 파도가 쉴 새 없이 그녀를 몰아치는 가운데, 그녀는 마구 몸부림을 치며 소리 없는 비명을 지르고 헐떡거렸다.

전신의 모든 근육이 저마다의 의지를 가진 듯 제멋대로 씰룩거리며 파닥거렸다.

순백색의, 사내의 손결 한 번 닿아 본 적이 없었던 금해가의 초운혜를, 무당파의 정소흔을, 자하신녀문의 공주를 끝없는 쾌락의 절정으로 인도했던 화군악의 절륜한 방중술 앞에서 이 어린 이국의 소녀 또한 몇 번이나 까무러치고 흐느끼고 몸부림쳐야만 했다.

꿈인 듯, 천당인 듯 아무런 생각도 할 수 없는 상태에서 그저 정수리부터 발바닥까지 몸뚱어리 모든 곳이 감당할 수 없을 정도의 쾌감에 젖어 있을 때였다.

"너는 누구지?"

마치 천신(天神)의 목소리인 양 거부할 수 없는 권능을 지닌 목소리가, 마치 태어나서 지금껏 홀로 짝사랑만 하며 애달파 하던 사내의 한없이 부드럽고 달콤한 목소리가 소녀의 머릿속으로 흘러 들어왔다.

쉬지 않고 몰아치는 파도처럼 연달아 이어지는 쾌감 속에서 헐떡거리던 소녀는 반사적으로 소리치듯 말했다.

"미요(迷妖), 미요입니다."

제압당했던 아혈이 언제 풀렸는지 생각할 겨를조차 없었다. 그녀는 또 언제 풀렸는지 모르는 제 두 손으로 힘껏 그의 목덜미를 끌어안고서 정신을 차리지 못한 채 오직 화군악이 묻는 말에 대답하는 데 급급했다.
"천년고독묘 사람이에요!"
"독희 아가씨를 모시고 있어요! 아아, 제발. 제발……."
소녀, 화군악의 모든 것을 한껏 집어삼키려는 듯 두 다리를 활짝 벌린 채 애원했다.
하지만 그 애원은 계속해서 자신을 유린해 달라는 것인지, 아니면 이제 그만하라는 것인지 그 속뜻을 전혀 알 수 없었다.
어깨와 등과 엉덩이가 땀과 빗물에 흠뻑 젖은 가운데 화군악은 쉬지 않고 허리를 놀리며 계속해서 질문을 던졌다.
"종리군, 종리 총사와 독희 아가씨는 무슨 관계이지?"
"지금 어디로 가는 중이지?"
"묘강? 묘강에는 왜?"
"오호. 그러니까 지금 독희 아가씨에게 봉황금시가 있다는 말이구나?"
화군악의 폭우처럼 쏟아지는 질문에 미요는 마구 몸부림을 치면서 대답했다.
물론 그 몸부림은 반항이나 분노나 증오의 몸짓이 아니

었다. 그녀의 몸속으로 쏟아지는 폭포수와 같은 쾌감을 더더욱 깊게 받아들이려는 몸부림이었다.

이윽고 화군악은 마지막 질문을 던졌다.

"독희 아가씨의 배 속에는 누구의 아이가 자라고 있는 거야?"

이번에도 미요는 순순히 대답했다.

"총사…… 나리의, 아이입니다."

미요는 격하게 헐떡거리느라 제대로 숨조차 쉴 수 없는 상태였다. 대답 또한 띄엄띄엄할 수밖에 없었다.

'진짜 녀석의 아이를 뱄구나.'

화군악은 진심으로 놀랐다. 또 진심으로 기뻐했다.

'그러니까…….'

화군악은 마지막 비명처럼, 신음처럼, 쾌락의 절정에 올랐다는 신호처럼 외마디 소리를 격하게 터뜨리며 혼절한 미요를 내려다보면서 입가에 묘한 미소를 그려냈다.

'그러니까 독희라는 계집이 녀석의 역린(逆鱗)이 될 수도 있겠네?'

내심 그렇게 중얼거리는 화군악의 눈빛이 샛노랗게 빛나고 있었다.

마치 독사의 그것처럼, 십 년 가까운 세월 동안 가슴 깊숙하게 묻어 두기만 했던 복수의 칼날처럼 그의 눈빛은 한없이 잔인하고 냉정하며 악랄하게 번쩍거렸다.

콰앙!
때마침 천둥이 울리고 번개가 내려쳤다.
쏴아아아!
장대비가 쏟아지고 있었다.

6장.
어차피 네놈은 죽어 있으니까

'하필이면 벼락이 내리치고 폭우가 쏟아지는 바람에…….'
고독전어심령술(蠱毒傳語心靈術)의 수법이
원활하게 이뤄지지 못한 건 바로 그 때문이었다.
만약 미요가 고독전어심령을 통하여
지금 자신의 상황을 독희들에게 전했더라면
이렇게까지 되지 않았을 터였다.

어차피 네놈은 죽어 있으니까

1. 고독전어심령술(蠱毒傳語心靈術)

 눈을 반쯤 까뒤집은 채 정신을 잃은 듯 아무렇게나 나자빠져 있는 미요를 내려다보면서 화군악이 마지막 힘을 다해 허리를 놀리고 있을 때였다.
 절정의 기운이 아랫도리에서 시작하여 척추를 타고 머릿속에서 폭발하려는 바로 그때, 감당할 수 없는 살기가 그의 등을 난자했다.
 화군악은 엎드린 그 자세 그대로 몸을 빙그르르 회전하며 미요의 옆, 갑판 바닥을 뒹굴었다.
 화군악의 등을 난자하려던 살기는 아슬아슬하게 미요의 배와 가슴과 허벅지 바로 앞에서 사라졌다. 하마터면 미요는 영문도 모른 채 순식간에 서른여섯 조각으로 잘려 나갈 뻔했던 상황이었다.

데구루루 몸을 굴렸던 화군악이 빠르게 일어나 자세를 잡고 전면을 노려보았다.

이미 싸늘하게 식은 머릿속과는 달리 화군악의 육체는 아직도 본능에서 벗어나지 못한 듯, 그의 벌거벗은 아랫도리에서는 새하얀 액체가 뿜어져 나오고 있었다.

"더러운 개자식!"

분노한 여인의 목소리와 함께 다시 한번 수십 가닥의 살기가 화군악의 전신을 휘감았다.

"잠깐만 기다리라고!"

화군악은 취몽보법을 밟아 피하는 동시에 아랫도리를 툴툴 털어 냈다. 그런 화군악의 행동에 살기는 더욱더 짙어졌고 그를 향한 공세는 더더욱 맹렬하게 펼쳐졌다.

하지만 화군악도 할 말은 있었다. 언제까지 아랫도리를 드러낸 채 싸울 수는 없지 않은가. 그것도 다섯 명이나 되는 여인들 앞에서.

그러니 당연히 옷매무새를 정돈해야 했지만, 그렇다고 여인의 질퍽한 음액(陰液)에 흠뻑 젖어 있는 데다가 제 정액마저 뚝뚝 흘리고 있는 놈을 제대로 털지도 않은 채 바지 안에 넣는 것처럼 찝찝하고 불쾌한 일은 또 없었다.

당연히 아랫도리 물건에 묻어 있는 것들을 다 털어 내

고서 바지 안에 넣는 게 정상적인 행동이었다.

그런데 지금 화군악을 향해 연달아 칼을 휘두르는 여인들에게는 그 정상적인 행동이 자신들을 놀리고 비웃고 조롱하는 것처럼 보였다.

당연히 그녀들의 분노는 극에 달할 수밖에 없었으니, 그녀들이 휘두르는 남만도(南蠻刀)은 흉맹(凶猛)한 파공성과 함께 쉴 새 없이 빗줄기를 가르며 화군악의 전신을 난도질하는 건 너무나도 당연한 일이었다.

"아니, 싸울 때 싸우더라도 옷 좀 입고 싸우자니까!"

화군악은 버럭 소리치며 연신 취몽보를 밟아 가며 그녀들의 공세를 피했다. 그 와중에도 두 손은 빠르게 움직여 아랫도리를 탈탈 털어 내고는 빠르게 바지 안에 감추곤 바지 끈을 옭아맸다.

"이 미꾸라지 같은 자식!"

묘강의 여인들은 크게 분노하여 소리치면서 계속해서 칼질을 해 댔지만, 아쉽게도 솟구치는 분노와 증오심만으로 화군악을 난도질하기에는 그녀들의 역량이 부족했다.

옷매무새를 추스른 화군악은 훌쩍 뒤로 몸을 날려 그녀들의 사정권에서 벗어나며 소리쳤다.

"정말 모두 다 죽고 싶은 게냐?"

방귀 뀐 놈이 성낸다고, 화군악의 그런 협박에 여인들은 어이가 없다는 표정을 지었다. 동시에 빠르게 신형을 움직여 화군악의 동서남북 사방을 포위했다.

그러거나 말거나 화군악은 오로지 정면에 서 있는 여인을 바라보며 다시 소리쳤다.

"독희라고 했소? 제수씨도 들어 봐서 알겠지만 나는 화군악이오! 종리군의 유일한 죽마고우인 게요. 그러니 부탁하건대 내 벗의 아내를, 내 벗의 아이를 다치게 하지 않도록 해 주시구려!"

화군악의 말에 그와 정면으로 마주 서 있던 여인, 그러니까 종리군의 심복 중 한 명이자 그의 아이를 밴 독희의 눈빛이 파르르 떨렸다.

'화군악이라……'

확실히 들어 본 이름이었다.

무림오적 중 한 명이자, 종리군이 그 이름을 되뇔 때면 언제나 애증(愛憎)이 한데 섞인 표정을 지었다. 그 자세한 사정이야 알 수 없었지만, 지금 화군악이 말한 죽마고우라는 게 거짓말은 아닐 가능성이 농후했다.

'그래도 반드시 죽여야 할 인물이라고 말씀하셨다.'

독희는 힐끗 갑판 바닥을 내려다보았다.

그곳에는 아직도 쾌락의 여운에서 헤어나지 못한 채 사지를 꿈틀거리고 있는 미요가 있었다.

직접 보고서도 믿을 수 없는 광경이었다. 어디까지나 미요는 강호의 절정고수들을 미혹(迷惑)하여 음욕(淫慾)

에 빠트리도록 철저하게 교육받은 독녀(毒女)이자 색녀(色女) 중 한 명이었다.

그런 미요가 외려 지금 저렇게 정신을 차리지 못할 정도로 사내의 아랫도리에 농락당하다니.

도대체 저 화군악이라는 자의 정체는 무엇이란 말인가.

독희는 화군악을 노려보다가 폭우가 쏟아지는 하늘을 올려다보았다.

아직 오후가 되지 않은 시각이었지만 하늘은 밤하늘처럼 컴컴했고 간간이 뇌성(雷聲)이 일고 번개가 내리쳤다. 더더욱 거칠어진 격랑(激浪)에 거대한 선박이 나뭇잎처럼 출렁거리고 있었다.

'하필이면 벼락이 내리치고 폭우가 쏟아지는 바람에……'

고독전어심령술(蠱毒傳語心靈術)의 수법이 원활하게 이뤄지지 못한 건 바로 그 때문이었다. 만약 미요가 고독전어심령을 통하여 지금 자신의 상황을 독희들에게 전했더라면 이렇게까지 되지 않았을 터였다.

몸속에 심어 둔 고독(蠱毒)을 통해서 말없이 서로의 뜻과 의지만으로 의사소통을 가능하게 만드는 수법이 곧 고독전어심령이었다.

또한 천년고독묘의 사람들은 그 고독전어심령술을 전음술처럼 사용하여 자신들의 의사를 전하고 전해 받았다.

아침나절 화군악 일행의 의아해했던, 그녀들이 묵고 있

는 옆 선실에서 아무런 대화 소리도 들려오지 않았던 이유가 바로 거기에 있었다.

물론 고독전어심령술이 만능(萬能)은 아니었다.

전설에 전해지는 것처럼 수천수만 리나 떨어진 거리까지 의사를 전달하는 것도 아니었다. 겨우 백여 장, 그게 고독전어심령술이 전달할 수 있는 거리의 한계였다.

게다가 지금처럼 벼락이 내리치고 폭우가 쏟아지는 상황이라면 몸속에 심어 둔 고독이 겁을 먹고 깊이 숨는 까닭에 제 기능을 제대로 발휘하지 못했다.

만약 비가 오지 않고 벼락이 내리치지 않았더라면, 비록 미요가 아혈을 제압당해 아무 말도 할 수 없는 상황이었다고 하더라도 고독전어심령술을 통해서 선실에 있던 동료들이나 독희에게 구원을 요청했을 것이었다.

그랬다면 화군악에게 몸을 더럽혀지기 전에 그녀들이 달려와 지금의 대치 상황을 연출할 수 있었을 터였다.

하지만 미요는 고독전어심령술을 펼칠 수 없었고, 그 바람에 선실 안에 있던 여인들은 그녀의 상황을 전혀 알 수가 없었다.

단지 바람 좀 쐬러 나갔다 오겠다는 미요가 반 시진 가까이나 지났는데도 불구하고 돌아오지 않는 걸 수상하게 여긴 까닭에 이렇게 다들 밖으로 그녀를 찾아 나온 것이었다.

그리하여 폭우가 쏟아지는 갑판 바닥에서 화군악이 미요를 겁탈하는 광경을 보게 된 여인들은 크게 분노하여 이성을 잃은 채 앞뒤 가리지 않고 살수를 퍼부었다.

 하지만 그렇게 수십수백 번이나 전력을 다해 남만도를 휘둘렀지만 화군악의 몸에 상처 하나 내지 못하게 되면서 그녀들은 비로소 이성을 회복했다.

 비록 고독전어심령술은 펼칠 수 없었지만 그녀들의 뇌리에 동시에 떠오른 생각은 오직 하나였다.

 -이자, 우리들의 적수가 아니다.

 그래서 네 명의 여인은 조금 전과는 달리 화군악을 향해 마구잡이로 쳐들어가는 게 아니라 포위망을 갖춘 채 독희의 지시를 기다리고 있었다.

 하지만 좀처럼 독희의 입이 쉽게 열리지 않았다.

 2. 제수씨

 독희는 화군악을 바라보았다가 미요를 내려다보았다가 다시 하늘을 올려다보았다. 그러고는 또다시 시선을 돌려 화군악에게로 향했다.

제대로 옷을 챙겨 입어서 한결 여유가 생긴 화군악은 능글맞게 웃으며 입을 열었다.
　"이제 다들 제정신으로 돌아온 모양이니 정식으로 인사하겠소. 종리군과 어렸을 적부터 잘 알고 지내던 화군악이라고 하오, 제수씨."
　제수씨.
　왠지 그 어감이 나쁘지 않았다. 독희는 입속으로 몇 번이고 그 말을 되뇌었다.
　화군악은 계속해서 말을 이어 나갔다.
　"솔직히 제수씨의 시녀를 강제로 범한 건 미안하게 생각하오. 하지만 강호라는 게 원래 그런 곳이 아니겠소? 너무 나를 미워하지 않았으면 좋겠소."
　그의 뻔뻔한 말에 포위하고 있던 네 명의 여인이 모두 크게 분노했다. 눈빛만으로 가능할 수 있다면 벌써 화군악의 몸뚱어리를 백여 조각으로 난도질했을 터였다.
　화군악은 어깨를 으쓱거리며 말했다.
　"게다가 보아하니 그녀 또한 나처럼 색공을 익힌 것 같더구려. 즉, 그녀 역시 강호 무림인들을 미혹하여 자기 가랑이 속에서 허우적거리게 만드는, 그런 임무를 지닌 여전사(女戰士)일 터. 결국 이건 누가 누구를 겁탈하거나 그런 문제가 아닌, 그녀와 나와의 실전(實戰) 싸움에서 패한 것에 지나지 않을 뿐이오."

뚫린 입이라고 말은 잘했다.

화군악은 확실히 말을 잘하는 편이었다. 특히 여인들에게는 유들유들하고 능수능란한 화법을 구사하여 그녀들의 정신을 어지럽게 만들고 논리적으로 생각하기 어렵게 만들었다.

"이야기는 그녀, 미요를 통해 전해 들었소. 종리군, 그 녀석의 아이를 가졌다고 하더이다. 진심으로 축하하오. 미리 알았더라면 뭔가 축하 선물이라도 준비했을 텐데 말이오."

역시 화군악은 유들유들했다.

여인들은 분노의 눈빛으로 화군악을 잡아먹을 듯이 노려보고 있었다. 반면 독희의 눈빛은 시간이 흐를수록 지저갱의 그 깊은 어둠처럼 침잠(沈潛)되어 가고 있었다.

쏴아아!

폭우가 쉴 새 없이 쏟아지는 가운데, 오로지 화군악만이 계속해서 떠벌렸다.

"날씨가 험하오. 이렇게 비를 맞다가 자칫 배 속의 아이에게 탈이 날 수도 있소. 그러니 이제 다들 안으로 들어갑시다. 안에 들어가서 따뜻한 차라도 마시며 제대로 이야기 나눕시다. 어차피 예서 이렇게 비 맞고 이야기하나, 안에 들어가서 따뜻한 차를 마시며 이야기하나 상관없는 일이 아니겠소?"

"듣자 듣자 하니까······."

화군악의 뻔뻔함에 질린 듯, 여인 중 한 명이 폭발하듯 입을 열었다.

하지만 독희가 손을 저어 그녀의 입을 막았다. 독희는 그녀가 황급히 입을 다무는 걸 바라보면서 천천히 말을 꺼냈다.

"아소(娥素), 너는 미요를 선실로 데리고 가서 뜨거운 차라도 끓여 주렴."

아소라 불린 여인은 입술을 잘강잘강 씹다가 고개를 숙이며 말했다.

"독희의 명을 받듭니다."

그녀는 곧바로 포위망에서 벗어나 여전히 바닥에서 꿈틀거리고 있는 미요를 두 손으로 안아 들고는 빠르게 선실로 사라졌다.

화군악이 끼어들었다.

"허어, 뜨거운 차는 미요가 아니라 제수씨가 마셔야 하는데 말이오. 정말 배 속의 아이가 걱정되는구려. 나도 애 아빠라 잘 알고 있다오. 만약 그 배 속의 아이를 잃게 된다면 종리군 그 녀석이 얼마나 슬퍼할지 말이오."

순간 독희의 새까맣게 가라앉았던 눈빛에서 예리한 섬광이 뻗어 나왔다. 한 가닥 샛노란 섬광은 단숨에 화군악의 이마를 관통하고 지나치는 듯했다.

그러나 화군악은 여전히 능글맞고 유들유들한 표정을 지은 채 말했다.

"허어, 참으시구려. 그 살기만으로도 나를 죽이겠소이다."

"아니, 그럴 필요 없다."

독희는 냉기가 흐르는 목소리로 말했다.

"어차피 네놈은 이미 죽어 있으니까."

* * *

콰르르릉!

바로 눈앞에서 폭발하듯 거대한 굉음이 터져 나왔다. 객선이 크게 출렁이며 한쪽으로 기울었다. 탁자 위에 놓여 있던 찻주전자와 찻잔, 접시들이 우르르 떨어졌다.

자리에 앉아 있던 당운보와 빙혼마고, 야래향이 가볍게 손을 뻗어 떨어지던 물건들을 하나씩 챙겨서 손에 쥐었다.

이번에는 객선이 반대쪽으로 크게 기울었다. 좌우로 요동치는 물길에 따라 객선은 나뭇잎처럼 이리저리 기울고 있었다.

선창(船窓) 밖은 시간대에 어울리지 않게 깜깜해서 아무것도 보이지 않았다.

그러나 연신 후려치는 빗줄기와 저 멀리서 내리치는 벼락만큼은 그들이 앉아 있는 선실에서도 뚜렷하게 확인할 수 있었다.

"이렇게 있으려니 문득 폭풍우에 휘말린 바다를 여행했던 그 시절이 생각나는구려."

당운보가 우아하게 찻잔을 쥔 채 중얼거렸다. 옆자리에 앉아 있던 빙혼마고가 눈을 휘둥그레 뜨며 물었다.

"바다를 여행한 적이 있었나요?"

"젊었을 적 해남도에만 서식한다는 독초를 찾아 떠난 적이 있었다오."

당운보는 좌우로 크게 기우는 선실에서도 전혀 아랑곳하지 않은 채 몸을 꼿꼿이 세우고는 차를 한 모금 마셨다. 그러고는 선창으로 시선을 돌리며 아득하게 먼 그 시절의 기억을 떠올렸다.

"하지만 때마침 태풍을 만나 내가 탄 배는 선로를 잃고 이렇게 거친 풍랑 속에서 무려 이틀을 보내게 되었소. 그때 나는 처음으로 바다의 무서움, 자연의 두려움에 대해서 알게 되었다오."

"한 번 정도는 저도 겪어 보고 싶네요. 얼마나 무섭고 두려운지."

"겪어 보지 않았으니 그리 말씀하시는 게요."

당운보는 고개를 설레설레 흔들며 말을 이었다.

"어쨌든 죽을 고비를 지나고 당도하게 된 곳이 대월국(大越國:지금의 베트남)이었소. 게서 한 일 년 정도 온갖 모험을 하다가 우연히 대월국의 평정왕(平定王)을 만나러 찾아온 조정의 사신들과 조우, 천우신조(天佑神助)로 다시 대륙의 땅을 밟게 되었소."

"세상에, 그런 멋진 모험을 하시다니. 아아, 그때 당신을 알았더라면 저도 함께 모험을 떠났을 텐데요."

빙혼마고가 아쉬워하자, 맞은편 자리에서 조용히 차를 마시던 야래향이 한마디 했다.

"그때 네가 당 제부를 알았더라면 아마 지금쯤 둘 중 한 명은 살아 있지 못했을 것 같은데."

"하하하. 그건 그래."

빙혼마고가 유쾌하게 웃었다. 야래향도 빙긋 미소를 짓고는 당운보를 향해 궁금하다는 듯이 물었다.

"대월국 사람들은 어떻던가요?"

당운보가 기억을 더듬으며 대답했다.

"평소에는 온순하고 순박한 성격이라 할 수 있겠소. 하지만 한 번 싸움을 벌이거나 전투에 나서면 목숨은 아랑곳하지 않고 적과 싸우는 용맹한 투지를 보이더이다. 실력 차이가 월등히 나도 전혀 기죽거나 두려워하지 않고 끝까지 덤벼드는 바람에, 외려 내가 기가 질려서 도망치기를 반복했으니 말이오."

"그들과 많이 싸우셨나 보네요."

"어쨌든 처음 배가 도착하여 내린 곳은 성읍(城邑)이 아닌 밀림이었으니까. 대륙 사람을 처음 본 원주민들에게 있어서 우리는 기괴한 언어를 사용하는 침략자였을 테니까 말이오."

"당신 이야기를 듣고 있자니 저도 한번 대월국 사람들을 만나 보고 싶네요. 그 이국의 풍경도 구경하고 싶고, 또 이국의 사람들이 어떻게 살아가는지도 보고 싶어졌어요."

"뭐, 그럽시다. 이번 일이 잘 끝나면 대월국이든 천축이든 파사국(波斯國:페르시아)이든 어디든 가 봅시다."

"좋아요! 남은 평생, 그렇게 세상을 돌아다니면서 지금껏 보지 못하고 겪지 못한 것들을 모두 찾아봐요, 우리. 혹시 알아요? 어딘가 있을 이름 모를 조그만 나라에서 우리를 황제와 황비로 모시려고 할 수도 있잖아요?"

"하하하. 황비가 되고 싶소?"

"아휴. 꼭 그런 게 아니라 그런 희한한 일도 겪을 수 있다는 이야기잖아요."

빙혼마고는 그야말로 새신부처럼 눈을 흘기며 자신의 낭군을 바라보았다. 당운보가 껄껄 웃을 때, 야래향이 힐끗 선실 문 쪽을 바라보며 중얼거렸다.

"그나저나 군악, 이 녀석은 왜 이리 오지 않는 거지?

밖에 저리도 비가 쏟아지는데."

나지막한 목소리였지만 빙혼마고는 그녀의 말을 들은 듯 입술을 삐죽이며 말했다.

"뻔하잖아. 왜 안 오겠어? 제가 아직 삐쳐 있다는 걸 보여 주려고 그러는 거지. 진짜 여전히 애기라니까."

야래향도 알고 있었다는 듯이 길게 한숨을 내쉬며 고개를 끄덕였다.

"그러니까 말이다. 혼인해서 자식도 갖고, 애아빠가 되었으면 조금 듬직해져야 하는데 이건 처음 만났을 때나 지금이나 영 달라진 게 없으니."

그렇게 탄식하듯 중얼거리던 야래향은 문득 생각났다는 듯이 당운보를 향해 고개를 숙이며 말을 이었다.

"아, 그 아이의 무례함에 대해서 미처 사과드리지 못했네요. 이 모든 게 제자를 제대로, 똑바로 키우지 못한 사부의 잘못이 크네요. 용서해 주세요."

당운보는 황급히 손을 내저으며 말했다.

"아닙니다. 제가 우 부인을 용서하고 말고 할 게 어디 있습니까? 그리고 군악과도 갈등이나 다툼 같은 거 전혀 없으니까 안심하셔도 됩니다."

"물론 그 아이 잘못이 크지만 어쨌든 당신도 잘못했어요."

"응? 내가 말이오?"

빙혼마고의 갑작스런 타박에 당운보는 놀라 눈을 휘둥그레 뜨며 물었다. 빙혼마고가 혀를 차며 말했다.

"그 아이보다 삶을 두 배는 더 산 당신 아니에요? 양보할 건 양보하고, 시간을 두고 천천히 설득해 나가면 될 일을 그렇게 황소 뿔 겨루듯이 부딪칠 필요가 어디 있어요?"

당운보가 당황해하는 가운데 빙혼마고는 답답하다는 표정을 지으며 말을 이어 나갔다.

"당신과 그 아이, 평생 살아온 방식이나 행동거지가 양극단(兩極端)에 있다고 해도 과언이 아니잖아요? 거리라는 건 천천히 좁혀 가야지, 단번에 좁히려다가는 반드시 사달이 일어난다고요."

거기까지 말한 빙혼마고는 문득 눈웃음을 흘리며 말투를 바꿨다.

"마치 제가 당신에게 접근했던 것처럼 천천히, 조금씩, 알게 모르게. 그렇게 다가가야 '어, 언제 거리가 이렇게 좁혀졌지?' 하고 놀라는 법이라고요."

"아, 그야 뭐……."

당운보는 헛기침을 하며 머쓱하게 말했다.

"듣고 보니 확실히 내가 감정적으로 대한 것 같기는 하구려. 군악의 말이 마치 내가 살아온 평생을 부정하는 것 같이 들리는 바람에 나잇값을 제대로 하지 못한 것 같소이다. 허험. 사과도 할 겸 내 그 친구를 찾아 나서야겠소."

당운보가 자리에서 일어나려 할 때였다.

"제가 가겠습니다."

구석진 침상에 앉아서 마천에게 독을 치료받던 석정이 불쑥 입을 열었다.

"마침 치료도 다 끝나 가니 제가 군악을 찾겠습니다. 저렇게 폭우가 쏟아지는데 어르신을 밖으로 나가게 할 수는 없는 노릇이니까요."

석정의 몸을 닦느라 검게 물든 천을 헹구던 마천이 고개를 끄덕이며 맞장구쳤다.

"그럼요. 그런 귀찮고 힘든 일을 하려고 제가 쫓아온 게 아니겠습니까? 석정 형님과 제가 나가 보겠습니다."

마천의 말에 당운보는 재차 당황했다.

"아니, 귀찮고 힘든 일을 시키려고 너를 데려온 게 아니다."

"무슨 말씀이세요? 제가 쫓아왔다니까요? 종주께서 데리고 온 게 아니라."

마천은 싱글거리며 검고 냄새나는 물이 담긴 나무 물통을 들고 자리에서 일어났다. 석정도 황급히 옷을 입으며 그의 뒤를 따랐다.

"그럼 잘 부탁하네."

빙혼마고의 말에 두 사람은 활짝 웃으며 고개를 숙였다. 그러고는 서둘러 선실 밖으로 나섰다.
 콰르르릉!
 천둥과 함께 벼락이 떨어졌다. 배가 크게 한쪽으로 기울었다.

3. 모자독고(母子毒蠱)

 "내가 이미 죽어 있다고?"
 화군악은 황당한 표정을 지으며 물었다. 독희는 가만히 그를 쳐다보다가 불쑥 엉뚱한 질문을 던졌다.
 "미요에게 들었으니 잘 알고 있겠지. 우리가 어느 방면의 사람인지 말이다."
 "묘강의 천년고독묘 제자들이라고 들었소."
 "천년고독묘가 무엇으로 유명할까?"
 "그야 당연히 고독으로……."
 순순히 대답하던 화군악의 얼굴빛이 급변하더니 저도 모르게 입을 다물고 말았다.
 고독(蠱毒)은 매우 복잡하고 어려운 과정을 통해서 만드는, 일종의 기생충과 같은 벌레였다.
 크게는 새끼손가락만 한 것부터 작게는 눈에 보이지 않

을 정도로 조그만 지렁이 같은 크기를 지녔는데, 시전자의 뜻과 의지에 따라서 상대의 몸속으로 파고 들어가 심장이나 뇌를 점령하여 상대를 제어하고 통제하는 목적으로 키워진 벌레가 바로 고독이었다.

"우리 천년고독묘의 여인들은 첫 출혈(出血)을 하게 되면 누구나 다 아랫도리 조그만 구멍 안쪽에 자신만의 고독을 키우지. 그 한 쌍(雙)의 고독을 두고 강호의 무림인들은 음양고(陰陽蠱)라고도 부르던데, 원래 우리가 부르는 이름은 모자독고(母子毒蠱)라고 하거든."

독희의 말을 묵묵히 듣고 있는 화군악의 안색이 어느 순간부터 창백해져 있었다. 독희는 그런 화군악을 바라보며 냉랭한 목소리로 질문을 던졌다.

"우리가 왜 아랫도리 깊숙한 구멍 안쪽에 고독을 심어 키우는지 알 것 같은가?"

"그, 그게……."

화군악은 떨리는 목소리로 차마 말을 잇지 못했다. 하지만 독희는 알아들었다는 듯이 고개를 끄덕이며 말했다.

"그래. 바로 그런 이유 때문이야. 누군가 함부로 그 구멍 속으로 자신의 물건을 집어넣을 때, 혹은 반드시 상대를 내 것으로 만들어야 할 때 그를 혼내거나 사로잡기 위해서 고독을 그곳에 심어 둔 거야."

동굴 안쪽에서 평소 온순하고 순진하게 살아가던 고독이었지만, 낯선 침입자의 공격이 시작된다면 절대 몸을 사리지 않았다. 그 조그만 벌레는 전력을 다해 낯선 침입자의 몸뚱어리로 기어 올라가, 좁쌀처럼 조그맣게 나 있는 놈의 구멍을 비집고 그 안으로 들어갔다.

독희가 말했다.

"사내들은 용두질하는데 정신이 없어 우리의 고독이 자신의 귀두에 난 오줌 구멍을 통해서 기어 들어갔다는 사실을 전혀 알지 못하지."

순간 화군악은 제 물건의 오줌 구멍을 통해서 뭔가 스멀스멀 기어 들어오는 듯한 괴이한 기분을 느껴야만 했다. 소름이 끼치고 손발이 떨렸다.

독희가 말했다.

"오줌 구멍 안으로 들어선 그 고독은 혼신의 힘을 다해 위로, 더 위로 기어 올라가거든. 그 아이들은 본능적으로 자신이 도달해야 할 곳을 잘 알고 있으니까. 머릿속 혹은 심장, 바로 그곳들이 고독의 안식처인 셈이지."

화군악은 자신의 양물 안쪽을 꿈틀거리며 기어가는 무언가의 움직임을 느꼈다. 아니, 느낀 것 같았다.

동시에 참을 수 없는 간지러움이 양물 깊숙한 곳에서 피어올랐다. 그것은 긁어도 긁어도 가라앉지 않는, 뼛속 깊은 곳에서부터 간지러워서 도저히 손으로는 해결할 수 없는 간지러움이었다.

화군악은 저도 모르게 바로 그 자리에서 펄쩍펄쩍 뛰었다. 양물의 오줌 구멍으로 들어온 고독을 다시 밖으로 내보내려는 움직임이었다. 두 다리를 사시나무처럼 떨기도 하고 엉덩이를 앞뒤로 흔들며 양물을 출렁거리기도 했다.

그 모습은 실로 우스꽝스럽고 기묘했지만 독희를 포함한 네 명의 여인 중 웃는 사람은 단 한 명도 없었다. 그녀들은 지금의 하늘처럼 어둡게 내려앉은 눈빛으로 가만히 화군악을 노려보고 있었다.

"뭐, 그대도 무림인이니 들어는 봤겠지만, 한 번 고독이 몸속으로 침범하면 시전자가 마음을 돌릴 때까지는 그 몸속의 양분을 빨아먹으며 십 년, 이십 년, 아니 백 년 이상을 살아가니까."

다시 독희가 말했다.

"그렇게 몸속 깊이 박힌 채 살아가면서 시전자의 뜻과 의지에 따라, 기분에 따라서 뇌를 깨물어 먹거나 혹은 심장에 독을 뿌리기도 하지."

상대방의 몸속으로 파고든 고독은 자고(子蠱)였다. 자고는 시전자의 몸속에 남아 있는 모고(母蠱)와 정신적으로 연결되어 있었다.

그건 고독전어심령술과 같은 맥락으로, 서로의 심령

(心靈)을 통해서 상대를 괴롭히기도 하고 조종하기도 하고, 혹은 절대적인 쾌락을 선사하기도 하였다.

하지만 가장 중요한 건 시전자의 몸속에 남아 있던 모고가 죽으면 자고도 따라 죽는다는 점이었다.

자고가 죽을 때는 그가 기생하고 있던 사람의 몸속에서 폭발하듯 터지는데, 그 모든 독기는 고스란히 사람의 내장과 심장으로 흘러 들어가 동시에 사람 또한 목숨을 잃게 되는 것이었다.

그러니 독희가 말한 대로, 어쩌면 화군악은 이미 죽어 있는 것인지도 몰랐다. 그에 대한 생사여탈권은 오롯하게 미요에게 쥐어져 있었으므로.

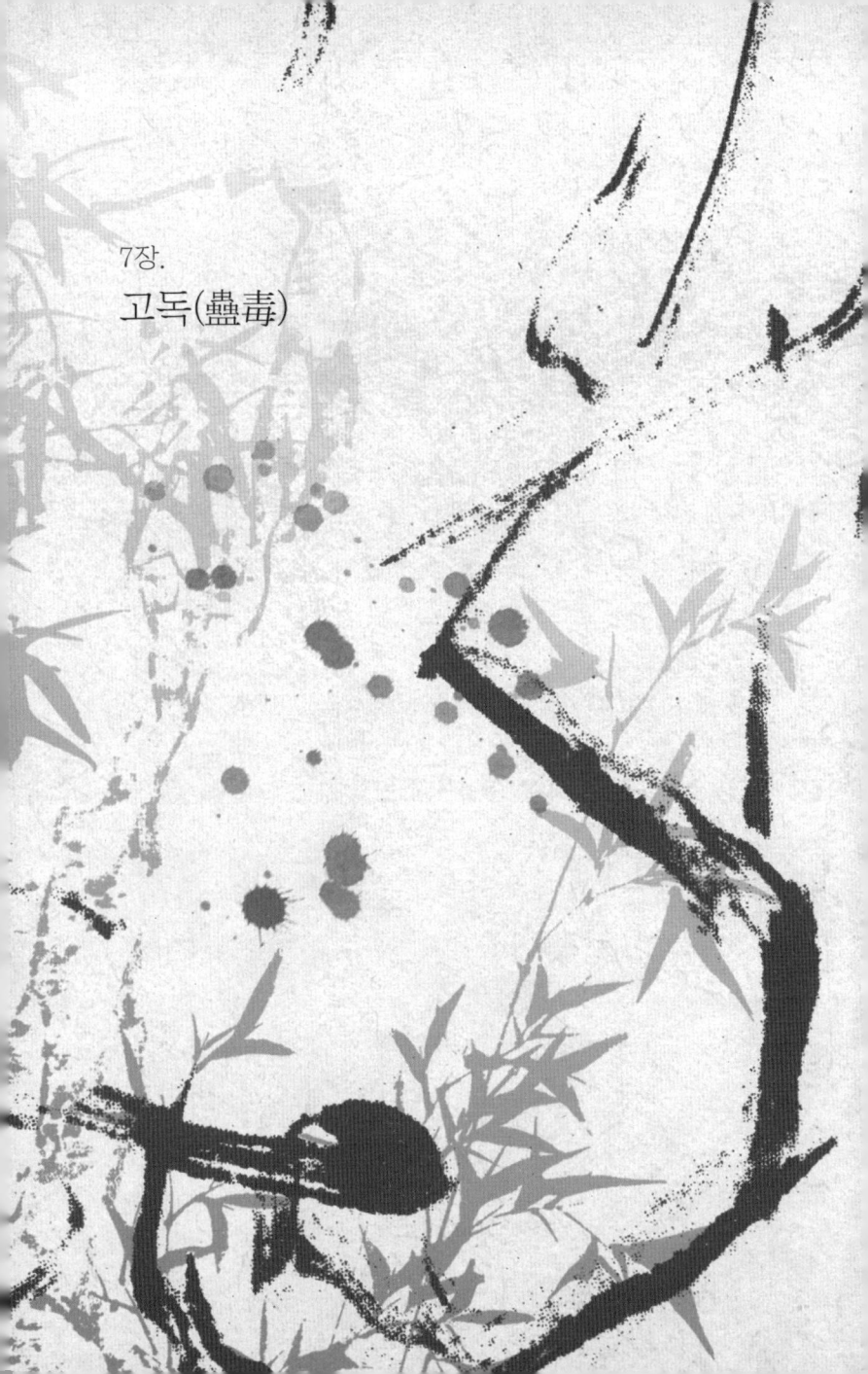

7장.
고독(蠱毒)

아니, 종리군은 그녀를 믿지 못한 게 아니라
세상을 믿지 못한 것이었다.
언제 무슨 일이 벌어질지 한 치 앞도 모르는 세상이 아니던가.
아무리 독희가 대단하고 독녀들이 뛰어나다 할지라도 지금처럼,
화군악 같은 색마(色魔)와 우연히 마주칠 수도 있으니까.
그리고 그 색마의 노련한 술수에 당해
순결을 잃거나 목숨까지 잃을 수 있는 게
바로 지금의 세상이니까.

고독(蠱毒)

1. 세 개의 뿌리[根]

 자고로 남자가 함부로 사용하면 패가망신한다는 세 개의 뿌리[根]가 있었다.
 언제 어디서든 말조심하라는 뜻의 설근(舌根), 함부로 손을 사용하지 말라는 수근(手根), 그리고 마지막이 함부로 아랫도리를 밖으로 내돌리지 말라는 남근(男根)이 바로 그 세 가지 뿌리라 할 수 있었다.
 물론 그 내용은 한시외전(韓詩外傳)에 나오는, 글을 쓰는 사람은 붓끝을[門士筆端], 칼을 사용하는 사람은 칼끝을[武士棒端], 말을 업으로 삼은 사람은 혀끝을 조심하라[辯士舌端]는 삼단지계(三端之戒)에서 변형된 이야기라

할 수 있었다.

어쨌든 사내는 아랫도리를 조심해야 했다. 보이는 구멍이라고 함부로 쑤셨다가는 패가망신은 물론 목숨마저 잃을 수도 있었다.

이 세상은 온갖 귀계(鬼計)와 괴모(怪謀)로 넘쳐 흐르고 있었다. 하룻밤 눈이 맞아 잠자리에 들었다가 갖고 있던 모든 돈을 털리기도 하거니와 또는 무고(誣告)로 관아에 죄를 고하여 벌을 받게 만든다거나 혹은 그를 빌미로 협박하여 돈을 뜯어내는 경우는 비일비재하였다.

그건 화군악처럼 무위가 높고 뛰어난 고수들 역시 마찬가지였다. 아무리 색공에 능통하다고 할지라도 세상 모든 색공의 술법에 통달한 건 아니었다.

자신의 무공과 색공만 믿고서 아무 여인과 잠자리를 가졌다가는 더 대단한 색공을 지닌 상대에게 자신의 모든 것, 내공은 물론 양기까지 빼앗겨 목숨을 잃을 수가 있는 곳이 바로 강호였다.

지금 화군악이 자신도 모르는 사이에 고독술(蠱毒術)에 걸려든 것처럼.

'내가 고독술에 당했다니!'

화군악은 머리가 어질어질하고 정신이 혼란하여 아무 것도 생각할 수가 없었다. 그야말로 혼란과 혼돈에 빠져서 제정신을 차릴 수가 없었다.

그러나 언제까지 이성을 잃고 있을 수만은 없었다. 화군악은 힘껏 입술을 깨물었다.

한 줄기 피가 흐르자 혼란에 가득 찼던 머릿속이 한결 개운해지는 동시에 정신이 되돌아왔다.

그는 독희 모르게 가만히 내기(內氣)를 운용했다. 과연 그녀의 말대로 제 양물을 통해 기생충과 같은 고독이 침입했는지, 침입했다면 지금 몸속 어디를 기어오르고 있는지 확인하기 위함이었다.

단전에서 끌어올린 내기는 이내 수십, 수백 가닥으로 갈라져 사지백해(四肢百骸)를 샅샅이 훑어 나가기 시작했다.

최대한 정신을 집중하여 혈맥과 기맥 모든 곳을 일일이 훑어 나가던 어느 한순간, 마침내 화군악은 구더기처럼 꼬물거리며 혈맥을 따라 천천히 이동하고 있는 기척 하나를 찾게 되었다.

놀랍게도 놈은 화군악의 뇌리를 향해 일직선으로 기어오르고 있었다. 화군악은 재빨리 내기를 동원하여 고독이 기어가는 방향을 막고 그 움직임을 방해했다.

하지만 고독은 절대 만만하지 않았다.

내기가 혈맥을 봉쇄하자 고독은 방향을 트는가 싶더니 혈맥 한 곳을 찢어서 탈출하려는 것처럼 물어뜯기 시작했다. 화군악은 깜짝 놀라 내력으로 혈맥 주변을 덧씌워서 고독이 물어뜯지 못하도록 만들었다.

"소용없다."

독희가 불쑥 입을 열었다.

"내공으로 고독을 죽였다는 건 지금껏 단 한 번도 들어보지 못한 일이다."

그녀는 지금 화군악의 몸속에서 무슨 일이 벌어지고 있는지 꿰뚫고 있다는 듯이 그렇게 말했다.

화군악은 애써 웃으며 활달하게 말했다.

"누가 죽인다고 그러오? 이렇게 귀여운 아이를."

화군악은 태연하게 말을 이었다.

"이왕 내 몸속으로 들어온 친구가 아니오? 이렇게 된 거 앞으로 잘 지내 보자고 인사를 나누는 중이었소."

화군악의 엉뚱한 말에 그를 포위하고 있던 여인들 중 누군가가 저도 모르게 혀를 찼다.

"이런 상황에서도 농을 하다니, 총사께서 왜 그대를 주시하는지 조금은 알 것 같구나."

독희는 살짝 감탄한 듯 말했다. 화군악은 어깨를 으쓱거리며 대꾸했다.

"나야 종리군 그 녀석에게 목숨을 빼앗길 뻔했을 때도 유쾌했으니까. 태생이 그렇거든. 어차피 제멋대로 흘러가는 게 삶이라면 끝까지 유쾌하고 즐겁게 놀자는 게 내 원칙이라서 말이지."

"그런 원칙도 죽음보다 더한 고통 앞에서는 소용없을

것 같은데."

독희가 말했다.

"미요가 정신을 차리는 대로 그대는 차라리 죽는 게 더 낫겠다는 생각을 하게 될 것이다. 고독이 몸속에서 독을 뿌리며 발광하게 되면, 그때는 부처라고 하더라도 참을 수 없는 격통에 나뒹그라질 테니까."

"뭐, 그건 그때 가서 생각해 보기로 하고."

화군악은 자신의 내기로 고독을 에워싼 걸 확인하면서 말했다.

사실 그건 단전에서 흘러나온 내기를 이용하여, 부상당하여 막힌 기맥을 뚫거나 구멍이 난 혈맥을 막는 일과 그리 다를 바가 없었다.

고독이 머물고 있는 혈맥 주변에 내기를 덧씌우서 혈맥 밖으로 도망치지 못하게 만든 다음, 그 앞뒤로 내기를 끌어모아서 고독이 움직일 수 없게 한 것이었다.

물론 그것만으로는 고독을 죽일 수 없었다. 그렇게 앞뒤로 움직일 수 없게 된 상황에서도 고독은 외려 자신의 주위를 가득 메운 내기를 조금씩 갉아먹고 있었으니까.

하지만 그 정도면 충분했다. 고독이 머릿속으로 기어 들어오는 것도 방지했고, 심장 가까이 다가가는 것도 막았다. 또한 오장육부에 독을 뿌리는 것도 방비할 수 있었다.

그렇게 시간을 벌었으니, 최대한 빨리 지금의 상황을

정리하고 타개해야 했다. 고독이 내기를 모두 먹어 치우고 다시 혈맥을 따라 꼬물꼬물 기어오르기 전에.

그러나 화군악은 결코 급한 티를 내지 않았다. 그는 언제 안색이 새파랗게 질렸냐는 듯이 여유가 넘쳐 나는 표정을 지으며 느물느물 말했다.

"어쨌든 너무 많은 비를 맞고 있는 게 아니오? 그러다가 진짜 그 아이가 위험할 수도 있지 않겠소? 마냥 이렇게 대치하고 있는 것보다는 차라리 안으로 들어가 차라도 한잔 마시며 미요가 깨어나기를 기다리는 게 훨씬 낫지 않겠소?"

화군악은 진심처럼 말했다.

"만에 하나 제수씨의 아이가 잘못된다면 그때는 종리군 그 녀석에게 내가 맞아 죽을지도 모르니 말이오. 이렇게 알게 된 이상, 제수씨나 제수씨의 아이 모두 그 안전을 책임질 의무가 내게 있단 말이오."

"거짓말."

독희는 당연하다는 듯이 화군악의 속내를 꿰뚫었다.

"솔직히 말하라. 나와 내 아이를 인질로 삼아서 총사를 협박하여 그 계획을 무너뜨리려는 게 그대의 목적이 아닌가?"

화군악은 전혀 그럴 생각이 없다는 표정을 지으며 말했다.

"이렇게 억울할 데가. 만약 그럴 생각이었더라면 진작에 제수씨의 시녀들을 해치우고 제수씨를 사로잡았을 것이오. 설마 내게 그럴 만한 능력이 없다고 생각하시오?"

그렇게 말하는 화군악의 전신에서 일순 감당할 수 없는 기운이 뭉게구름처럼 피어올랐다.

믿을 수 없게도 그 기운이 뿜어져 나오는 순간 폭포처럼 쏟아지던 빗줄기가 튕겨 나가기 시작하더니, 마치 보이지 않는 우산이라도 쓴 것처럼 화군악의 몸은 이제 더 이상 비에 젖지 않았다.

실로 놀라운 수준의 내공이었다.

그를 포위하고 있던 세 명의 여인 모두 저도 모르게 마른침을 꿀꺽 삼켰다.

내공과 투기를 끌어올려 보호막처럼 전신을 뒤덮어, 저 장대비마저도 튕겨 낼 정도의 위력을 보여 주다니.

세상에 이 정도의 위력을 보여 줄 이가 과연 몇이나 될까. 지금 그녀들의 눈앞에 펼쳐진 화군악의 신위는 말 그대로 오대가문의 가주 정도나 되어야만 비로소 발휘할 수 있는 능력이었다.

화군악은 거침없이 말을 이었다.

"아직도 믿어지지 않소? 지금 당장이라도 시녀들을 모조리 죽이고 제수씨와 그 아이를 인질로 삼을 수 있다는 게?"

"그렇다면 왜 지금 망설이고 있는 거지?"

독희는 여전히 냉정한 눈빛으로 화군악을 쏘아보며 대꾸했다.

"미요를 강제로 범했던 것처럼 내 아이들을 해치우고 강제로 나를 인질로 삼으면 될 것을 말이다."

"제수씨이니까. 다름 아닌 종리군 그 녀석의 아이를 가졌으니까."

화군악은 당연하다는 듯이 말했다.

"아무리 내가 도리나 도의를 무시하며 살아가는 천방지축(天方地軸)에 독불장군(獨不將軍)이라고는 하지만, 그래도 마지막 염치와 체면이라는 건 있다오. 함부로 제수씨에게 손을 뻗을 정도로 파렴치한 사람은 아니라는 게요."

물론 얼마 전까지만 하더라도 화군악은 독희를 자빠뜨린 다음 그녀를 겁간한다면 종리군이 과연 어떻게 나올까, 하고 궁금해한 적이 있었다.

그리고 실제로도 만약 기회가 닿는다면 독희를 겁간할 생각도 없지 않았다.

"게다가 무엇보다 제수씨에게 못된 짓을 한다면 내 사부와 당 숙부는 결코 나를 용서하지 않을 것이니까."

화군악은 진심 어린 표정으로 말했다.

"그러니 이제 그만 비를 맞고 안으로 들어갑시다. 우리 선실이 그렇다면 제수씨의 선실에 가서 몸이라도 닦읍시다. 안 그래도 지금 그 몸매의 곡선이 고스란히 드러나는 옷매무새 때문에 영 눈 둘 곳이 없으니 말이오."

아닌 게 아니라 독희는 지금 흠뻑 젖었고, 얇은 능사의는 몸에 찰싹 달라붙은 채 그녀의 몸매를 고스란히 드러내고 있었다.

심지어 옷을 뚫고 나올 것처럼 볼록한 젖꼭지도 한눈에 보였고, 불룩하게 솟은 배 아래쪽의 검은 밀림도 생생하게 드러나 있었다.

하지만 독희는 부끄러워하지도, 놀라지도 않았다.

"싫다."

그녀는 태연하게 젖꼭지와 아랫배와 밀림을 드러낸 채 입을 열었다.

"선실로 들어가서 그대가 미요에게 어떤 짓을 하려 들지 누가 알겠느냐? 정 함께 들어가고 싶다면 순순히 마혈을 짚이도록 하라."

화군악은 길게 한숨을 내쉬었다. 고개를 설레설레 흔들었다. 그러고는 영 내키지 않는다는 표정을 지으며 천천히 입을 열었다.

"정말 나로 하여금 죄를 짓게 만들 작정이오?"

화군악은 그렇게 말하며 독희를 향해 한 걸음 앞으로 내디뎠다.

고독(蠱毒) 〈199〉

바로 그 순간이었다.

갑판 바닥을 꿰뚫고 세 자루의 검이 화군악의 양 발바닥과 회음혈(會陰穴)을 찔러 온 것은.

2. 호위

갑판 바닥에 구멍이 뚫리는 소리도 나지 않았다. 두꺼운 나무가 깔린 갑판 바닥은 세 자루의 날카로운 검에 의해 마치 두부가 갈리듯 아무런 소리도 없이 구멍이 뚫렸다.

화군악을 향해 짓쳐들어오는 살기도 없었다. 마치 무심한 기계처럼 단순하기 그지없는 행위처럼, 그렇게 갑판 바닥을 뚫고 튀어나온 세 자루의 검은 화군악의 발바닥과 회음혈을 찔렀다.

그렇다고 미리 예단할 그 어떤 낌새가 기척도 없었다.

거친 소리를 내면서 쉴 새 없이 쏟아지는 폭우 때문이었는지, 아니면 우르릉! 쾅쾅! 이어지는 벼락과 천둥 때문이었는지 화군악은 단 한 번도 갑판 바닥 아래 누군가가 숨어 있다는 기척을 발견하지 못했다.

그야말로 전혀 피할 수가 없는, 완벽하기 그지없는 기습이었다.

그러나 화군악은 이미 그 자리에 없었다.

소리도 없었고 살기도 없었으며 기척도 느끼지 못한 기습이었지만, 화군악은 미리 알고 있었다는 듯이 세 자루의 검이 갑판 바닥을 관통하는 바로 그 순간 허공 높이 훌쩍 신형을 날려 선실 지붕 위로 몸을 피한 것이었다.

 애꿎은 허공을 쑤셨던 세 자루의 검은 이내 멋쩍은 듯 바닥 아래로 자취를 감췄다.

 뒤늦게 놀란 독희가 "아아!" 하고 소리쳤다. 방금 벌어졌던 광경은 독희조차 전혀 알지 못한 기습이었던 모양이었다.

 화군악은 선실 지붕 위에 우뚝 선 채 피식 웃었다.

 "내 그럴 줄 알았다."

 그는 갑판 바닥을 따라 시선을 옮기며 말을 이었다.

 "종리군 그 녀석이, 그렇게나 완벽한 걸 좋아하고 만에 하나라는 걸 싫어하는 그 녀석이, 제 자식을 잉태한 여인에게 아무런 호위를 붙이지 않는다는 게 말이 안 되는 일이니까. 겨우 다섯 명의 여인만을 달랑 붙여서 서안에서 남만 묘강까지 그 먼 길을 보낼 만큼 허튼 녀석이 아니니까."

 그렇게 말하는 와중에도 화군악의 시선은 갑판 요리조리 움직이고 있었다.

 처음에는 몰랐으되 한 번 그 기척을 잡게 된 이상 두 번은 놓칠 수가 없었다. 화군악의 절정에 이른 천조감응진력은 갑판 바닥 아래를 이리저리 내달리는 기습자들의 움직임을 정확하게 읽고 있었다.

"그래서 처음부터 기다리고 있었지. 미요를 겁탈할 때도 단단히 주의하고 있었고, 또 제수씨와 대화를 나눌 때에도 언제 있을지 모르는 기습에 대비하고 있었으니까."

화군악이 섣불리 독희를 제압하려 들지 않았던 이유도 바로 거기에 있었다. 그가 진심으로 독희를 제수씨라고 생각했기 때문이 아니라, 언제 어디에서 나타날지 모르는 호위들 때문이었던 것이었다.

한편 독희는 그제야 비로소 종리군이 자신에게 호위를 딸려 보냈다는 사실을 알게 되었다. 그녀가 그토록 괜찮다며, 자신을 믿어 달라며 사양했음에도 불구하고 종리군은 그녀를 믿지 않은 채 호위를 붙인 것이었다.

아니, 종리군은 그녀를 믿지 못한 게 아니라 세상을 믿지 못한 것이었다. 언제 무슨 일이 벌어질지 한 치 앞도 모르는 세상이 아니던가.

아무리 독희가 대단하고 독녀들이 뛰어나다 할지라도 지금처럼, 화군악 같은 색마(色魔)와 우연히 마주칠 수도 있으니까. 그리고 그 색마의 노련한 술수에 당해 순결을 잃거나 목숨까지 잃을 수 있는 게 바로 지금의 세상이니까.

'아아, 보잘것없는 날 위해서 당신의 호위를 붙여 주시

다니.'

　독희는 감격하고 있었다.

　그녀는 두부처럼 갑판 바닥을 꿰뚫은 세 자루의 검만으로도 그들이 누구인지 알아차렸다.

　동시에 그녀의 눈빛이 반짝였다. 그녀는 알고 있지만 화군악은 모르는, 어쩌면 그 한 수로 화군악의 목숨을 빼앗을지도 모른다는 생각이 든 까닭이었다.

　화군악은 여전히 자신만만했다.

　"아마도 자신이 보낼 수 있는 최고의 실력자들을 호위로 보냈을 게야. 어쩌면 종리군 그 녀석의 주위에 있는 이들 중 최강의 고수들일지도 모르겠지."

　화군악은 종리군의 마음속에 들어갔다 나온 것처럼 말하고 있었다.

　"뭐, 끝까지 내 이목을 속이고 숨어 있었다는 건 확실히 칭찬받을 만한 일이니까. 하지만 이제는 너무 그렇게 뛰어다니지 않아도 돼. 내 실력이 한 번 잡은 기척을 놓칠 정도까지는 아니니까 말이지."

　화군악은 웃는 낯으로 그렇게 말했다.

　결국 그 말에 포기한 것일까. 바다 아래의 움직임이 거짓말처럼 멈췄다. 바로 선실과 독희 중간 위치의 바닥이었다.

　그건 마치 자신들의 임무는 오직 독희를 지키는 것이라

고 확실하게 주장하는 듯한 움직임이었다.

 미요가 겁탈당할 때도 모습을 드러내지 않았던 것처럼, 다른 세 명의 독녀가 어떤 위험에 처하더라도 상관하지 않겠다는 듯이 그들은 오로지 화군악과 마주한 채 독희 주변을 감싸고 있을 따름이었다.

"이제 슬슬 그만 모습을 드러내시지?"

 화군악이 바닥 아래를 꿰뚫어 보고 있다는 듯이 말했다.

 바로 그때였다.

"군악!"

 와락 선실 문이 열리고 목청 큰 소리와 함께 두 개의 신형이 튀어나왔다. 치료를 마친 후 화군악을 찾기 위해 밖으로 나온 석정과 마천이었다.

 일순 화군악의 얼굴이 일그러졌다.

"위험해요! 다시 안으로 들어가요!"

"응?"

 화군악의 다급한 목소리에도 불구하고 석정은 어리둥절한 표정을 지은 채 소리가 들려온 지붕 쪽으로 고개를 쳐들었다.

 기습자들은 바로 그 틈을 놓치지 않았다.

 세 자루의 검이 동시에 갑판 바닥을 뚫고 모습을 드러냈다 싶은 순간, 스팟! 날카로운 소리와 함께 바닥이 일직선으로 갈라지면서 세 자루의 검은 마치 상어의 지느

러미처럼 석정과 마천을 향해 짓쳐 들어갔다.

"이런 제기랄!"

화군악은 저도 모르게 욕설을 퍼부으며 쌍장을 휘둘렀다. 강대무비한 장력이 바로 석정과 마천 앞으로 뻗어 나갔다.

콰앙!

벼락처럼 거대한 굉음과 함께 나무로 만들어진 바닥이 산산조각 났다. 파편이 사방으로 튀는 가운데, 세 명의 기습자가 갑판 위로 그 모습을 드러냈다.

그제야 무슨 일이 일어나고 있는지 알아차린 석정과 마천이 깜짝 놀라며 대응 자세를 취했다. 하지만 이미 세 명의 기습자는 훌쩍 뒤로 물러난 채 독희 앞을 가로막고 있었다.

화군악은 지붕 위에서 재차 소리쳤다.

"안으로 들어가라니까요, 석정 형님!"

다급한 외침이었지만 석정은 말을 듣지 않았다. 외려 그는 화군악의 일격으로 뻥 뚫린 바닥을 피해 앞으로 성큼성큼 걸어 나가며 으르렁거리듯 말했다.

"네놈들은 누군데 감히 내 아우를 핍박하는 게냐?"

"허어."

화군악은 답답하여 미칠 지경이었다.

물론 독인화(毒人化)가 된 석정은 예전의 그 석정이 아니라는 것 정도는 익히 잘 알고 있었다.

하지만 그렇다고 해서 지금 이 자리는 그가 나설 이유도, 필요도 없었다. 외려 그로 인해서 상황이 더 복잡하게 변할 수도 있었고, 그렇게 시간이 지체될 경우에는 애써 억누르고 있던 고독이 화군악의 몸속에서 어떤 짓을 벌일지 전혀 알 수 없었던 까닭이었다.

"내가 알아서 처리할 테니까 제발 안으로 들어가시라니까요!"

화군악이 재차 소리쳤다.

눈치 빠른 마천은 화군악에게 무슨 사연이 있음을 직감하고는 석정의 옷을 잡아당기며 말했다.

"돌아가죠. 가서 어르신들께 지금 이 상황을 보고하는 게 순서일 것 같습니다."

"하지만……."

"그렇게 형님의 아우를 믿지 못하는 겁니까?"

"그건 아닌데……."

마천은 끝까지 망설이는 석정을 억지로 끌어당겼다. 어쩔 수 없다는 듯이 석실 안쪽으로 끌려 들어가면서도 석정은 고래고래 소리쳤다.

"네놈들! 조금만 기다려라! 내 어르신들을 모시고 다시 돌아올 테니까! 그때까지 버티고 있으라고, 군악!"

화군악은 저도 모르게 헛웃음을 흘리면서 대꾸했다.

"네. 끝까지 잘 버티고 있을 테니까 걱정하지 마십쇼!"
쾅!
세찬 바람에 밀려, 석정이 열어 두고 간 석실 문이 큰 소리와 함께 닫혔다.
다시 갑판에는 그들밖에 남지 않았다.

3. 혹시라도 화군악 그 개자식과 만나게 된다면

"생각보다 격랑이 심합니다!"
"이러다가 배가 침몰할 수도 있을 것 같습니다!"
선부들의 잇따른 보고에 선장은 피식 웃으며 고개를 저었다.
"너희들이 내 배를 너무 우습게 생각하는구나."
그는 아침 식사 때부터 반주 삼아 마신 술에 제법 얼큰하게 취한 목소리로 말했다.
"이래 봬도 이십 년 동안 이백 회 이상의 항해를 아무런 사고 없이 무탈하게 보낸 배다. 이 정도 폭풍에 휘말려 침몰한 정도였으면 벌써 침몰해도 열두 번은 더 침몰했을 것이다."
선장이 말하는 동안에도 객선은 크게 한쪽으로 기우뚱거렸다. 하지만 여전히 선장은 개의치 않은 채 술을 따라 마시며 말했다.

"걱정하지 않아도 된다. 내가 타륜(舵輪)을 잡고 있는 한, 그리고 배에 구멍이 뚫려 물이 들어차지 않는 한 절대 침몰하지 않을 테니까. 너희들은 가서 하던 일이나 계속하라."

선부들은 불안한 눈빛으로, 역시 불안하게 한 손으로 타륜을 잡고 있는 선장을 바라보았다. 선장은 능숙하게 한 손으로 술을 따라 마시면서 입을 열었다.

"장담하건대 한 시진 후면 날이 갤 것이다. 그러니 너희들은 가서 외려 불안에 떨고 있을 선객들을 안심시키도록 해라. 너희들이 불안해하면 선객들은 도대체 어떻겠느냐? 얼른 가 보도록 해라."

선장의 말이 끝나기도 무섭게 콰앙! 하고 벼락이 떨어졌다.

이번 벼락은 바로 객선 근처에 떨어진 듯, 아니 객선에 떨어진 듯 한순간 귀가 멀 정도의 커다란 굉음을 만들어냈다. 여유롭기만 하던 선장의 얼굴이 처음으로 굳어지는 순간이었다.

* * *

콰앙!

선장과 선부들의 귀를 멀게 할 정도로 커다란 굉음은 벼락 때문이 아니었다. 바로 화군악이 석정과 마천을 구하기 위해서 전력을 다해 퍼부은 장력이 낸 굉음이었다.

장력은 갑판 바닥을 산산조각으로 만든 것도 모자라 그 아래층의 바닥까지 한꺼번에 구멍을 냈다. 때마침 아래층 창고에서 작업하던 몇몇 선부들이 놀란 눈으로 갑판 위를 쳐다보는 모습이 화군악의 시야에 들어왔다.

"쳇, 이렇게 커질 일이 아니었는데 말이지."

화군악은 투덜거리며 훌쩍 지붕에서 뛰어내렸다.

확실히 석정이 아니었더라면 이렇게 갑판을 박살 낼 일이 없었다. 화군악의 장점은 장력이 아니라 어디까지나 검에 있었으니까.

갑판 바닥에 내려선 화군악은 가볍게 군혼을 꺼내 들었다. 검은빛의 뭉툭한 검신이 예사롭지 않은 소리를 내며 응응거렸다.

군혼을 본 세 명 호위의 눈빛이 달라졌다. 그들 모두 복면을 쓰고 있었기에 나이나 성별을 쉽게 알아차릴 수가 없었지만, 화군악은 자신의 군혼을 알아보는 그들의 눈빛만으로 그 실력을 가늠할 수가 있었다.

"확실히 드문데 말이지. 내 검이 얼마나 좋은 녀석인지 쉽게 알아보는 사람은."

화군악은 바닥의 구멍을 훌쩍 뛰어넘고 그들에게 다가

서며 말을 이어 나갔다.

"뭐, 이 검을 사용하는 내가 또 얼마나 고강한 실력을 지녔는지 알아보는 사람은 더더욱 드물지만 말이야."

하지만 세 명의 복면 호위는 화군악의 무위에 대해서 익히 잘 알고 있었다.

그들이 종리군의 호위라는 임무를 버리고 독희를 따라 서안을 떠나려고 했을 때, 종리군은 그들을 향해 이렇게 말했다.

-시녀들의 안전 따위는 생각하지 않아도 된다. 오로지 독희 그녀와 내 아이만을 지키도록 해라.

그들은 고개를 숙이는 것으로 대답했다. 종리군은 잠시 생각하다가 말을 이었다.

-너희들의 실력을 누구보다 잘 알기 때문에 큰 걱정은 하지 않는다만, 행여라도 말이지. 무림오적과 마주치게 된다면 절대 싸우지 말고 독희와 함께 도망치도록 해라. 괜한 호승심으로 붙어 봤자 승리를 장담할 수 없으니까.

주군의 말에 살짝 마음이 상한 듯 그들의 눈빛이 달라졌다. 하지만 언제나처럼 그들은 주군의 말에 철저하게 복종했다.
 종리군이 뒤늦게 생각났다는 듯이 다시 말했다.

 -아, 혹시라도, 만에 하나라도 그 상대가 화군악이라면 말이다. 절대 그와 다투지 말거라. 어느 방면으로 튈지 전혀 알 수 없는 녀석이니까. 무엇보다 놈이 익힌 태극혜검의 경지가 어느덧 상당한 수준에 올라 있으니 말이다.

 그들은 내심 매우 놀랐다.
 세상에, 장삼봉 이후 대(代)가 끊겼다는 그 전설의 무당혜검을 익힌 사람이 실제로 존재할 줄이야.
 그들은 종리군의 말을 철석같이 믿었다. 종리군이 하는 말이 거짓일 리 없었다. 종리군이 말했다면, 화군악은 확실히 태극혜검을 익혔고, 그 수준이 상당한 경지에 올라 있는 게 분명했다.
 종리군은 잠시 생각하다가 마지막으로 말을 덧붙였다.

 -혹시라도 화군악 그 개자식과 만나게 된다면, 그래서 도저히 빠져나갈 구멍이 없다고 생각한다면 그때 내 이름을 대로 이렇게 말하도록 해라.

종리군은 그들에게 말을 전했고, 그때 그들은 머릿속 깊이 각인하듯 그의 이야기를 심어 두었다.

* * *

세 명의 복면인이 동시에 그런 종리군의 경고를 되새기고 있을 때, 마침 화군악은 군혼을 빼 든 채 가만히 그들을 지켜보고 있었다.

조금 전 상황을 떠올려 보지 않더라도, 놈들은 언뜻 보기에도 만만치 않은 무위를 지니고 있었다.

하기야 당연한 일이리라.

종리군이라면 최악의 상황까지 가정하고 있었을 터. 즉, 무림오적과 황계에게 독희의 행적이 노출되는 상황까지 미리 염두에 두었을 것이다.

그리고 무림오적을 상대로 독희를 보호하고 구출하기 위해서는 최소한 무림오적과 버금가는, 혹은 어떻게든 무림오적에게서 도망칠 수 있는 실력자들을 보냈을 터였다.

그러니 이들 세 복면인의 무위가 범상치 않은 건 너무나도 당연했다.

'하지만 부족하다.'

화군악은 복면인들에게서 시선을 떼지 않은 채 그렇게 생각했다.

'물론 저 자식들이 강한 건 사실이다. 그러나 우리 무림오적 다섯 명과 마주한다는 걸 전제로 했다면, 겨우 저 셋으로 막을 수 없는 건 너무나도 자명한 일이다. 그러니까 종리군 그 자식이라면 뭔가 더, 혹은 또 다른 수를 강구해 두었을 게 분명하다.'

종리군이 화군악에 대해서 잘 알고 있듯이, 화군악 또한 종리군에 관해서는 누구보다도 잘 알고 있었다.

화군악이 아는 종리군이라면 저 세 복면인을 준비하는 것으로 그치지 않았을 것이다. 확실히 종리군이라면 거기에 한 수 더, 혹은 두 수 더 준비해서 화군악과 무림오적을 옭아매려 할 게 뻔했다.

그래서였다. 화군악이 쉽게 군혼을 움직여서 복면인들과 싸우려 들지 않는 까닭은.

화군악이 그렇게 좀처럼 움직이지 않자, 복면인들은 살짝 당황한 기색을 보였다. 놈이 공격하기 쉽도록 일부러 빈틈을 살짝 보이면서 유도했지만, 정작 놈은 석상처럼 버티고 선 채 움직이지 않고 있었다.

-역시 만만치 않은 놈이다.

-총리 말씀대로 도망치는 게 낫겠는데?

-이 폭풍우 속, 강물 한복판에서 어디로 도망친다는 거지?

복면인들은 빠르게 전음을 나눴다. 마지막 복면인의 전

음에 다른 두 명은 입을 다물었다.

아닌 게 아니라 지금 이곳은 폭풍우 휘몰아치는 강물 한복판이었다. 이 상황에서 비상용 쪽배를 찾는 것도 일이었고, 설령 찾아서 그 쪽배를 탈 수 있다 한들 이 폭풍우를 뚫고 무사히 살아간다는 보장은 없었다.

결국 지금 이 상황에서는 놈, 화군악을 해치우는 게 최선이었다.

-그나마 무림오적 전부가 아니니까.

-기껏해야 늙은이들 셋과 잔챙이 둘이다. 우리가 경계해야 할 상대는 오직 화군악, 저 녀석뿐이다.

-대장은 어찌 생각하시오?

이번에도 마지막 복면인의 전음에 다른 두 복면인이 입을 다물었다. 아무래도 그들 두 복면인에게는 동료의 전음에 대해 대답할 권한이 없는 듯 묵묵히 기다리고 있었다.

잠시 후, 그들의 귓전으로 희미한 전음이 들려왔다.

-죽이자.

대장의 전음이었다.

세 복면인은 일제히 고개를 끄덕였다.

확실히 놈은 아직 대장의 존재를 모르고 있었다. 그게 놈을 죽일 수 있는 유일한 기회이리라.

4. 검술(劍術)과 검공(劍功)

화군악은 저도 모르게 피식 웃었다.

지독한 살기가 복면인들의 전신에서 갑자기 피어오른 까닭이었다.

'마음을 굳혔나, 나를 죽이기로?'

화군악도 그에 대응하기 위해 내공을 끌어올리다가 살짝 눈살을 찌푸렸다. 내기로 봉인해 둔 고독이 꿈틀거리기 시작한 탓이었다.

화군악은 그곳으로 좀 더 많은 양의 내기를 보내 더욱 견고하게 고독을 봉인했다.

그 바람에 내공의 일부분은 사용할 수 없게 되었지만 화군악은 불안하지 않았다. 저들 세 명이라면 오 성의 내공으로도 충분히 상대할 수 있었으니까.

'혹시라도 아직 몇 명 더 숨어 있다면 모르겠지만.'

화군악은 내공을 운기하여 만반의 준비를 하는 와중에도 천조감응진력을 극한으로 끌어올려 주위를 살폈다. 종리군이라면 반드시 준비해 두었을 제이, 제삼의 인물들을 찾기 위함이었다.

하지만 그의 오감에 잡히는 거라고는 뻥 뚫린 갑판 아래쪽에서 분주히 움직이는 선부들뿐이었다. 그들 중에서 무공을 익히거나 내공을 쌓은 흔적이 있는 자는 전혀 찾을 수가 없었다.

'설마 이 셋이 전부라고?'

결국 찾기를 포기한 듯 화군악이 의아한 표정을 지을 때였다. 세 명의 복면인이 동시에 몸을 날리며 검을 내질렀다. 수직으로 낙하하던 빗줄기가 반으로 갈라지며 일직선의 공간이 만들어졌다.

동시에 화군악의 취몽보가 현란하게 펼쳐졌다. 언뜻 보면 구궁보(九宮步)나 칠성보(七星步) 같기도 했지만, 질서정연하게 움직여야 하는 그런 보법들과는 달리 화군악이 내딛는 발걸음은 아무런 규칙이 없는 듯 그야말로 종잡을 수 없었다. 또 바로 그게 취몽보의 묘리였다.

오른쪽으로 몸을 트는가 싶더니, 이내 왼쪽으로 휘청이듯 움직이려다가 다시 달빛을 피해 뒤로 숨듯 물러나고, 다시 어느 순간 구름을 걷고 나타나는 달처럼 앞으로 불쑥 튀어나오는 보법이 바로 취몽보였다.

그 헤아릴 수 없는 움직임에 세 복면인의 검은 목표물을 잃고 헤매기 시작했다.

복면인들의 검은 날카롭고 빨랐다. 아차, 하는 순간 사오 장 주변의 모든 것을 관통할 정도로 빨랐으며, 심지어 쇠도 관통할 정도로 날카로웠다.

하지만 취몽보의 움직임을 파악하지 못하고 그 이동 경로를 짐작할 수 없게 되자, 외려 복면인들의 검은 서로에게 방해가 되기 시작했다.

 화군악을 노리고 찌른 검에 하마터면 동료의 옆구리가 찔릴 뻔하거나 화군악의 명문혈을 노린 검이 동료의 배를 쑤실 뻔하기도 했다.

 그럴 때마다 복면인들은 강인한 악력(握力)과 탄탄한 내공을 바탕으로 빠르고 섬세하게 검을 제어하고 검로(劍路)를 조절하여 동료의 부상을 방지했다.

 하지만 그럴수록 정신력은 빠르게 소모되어, 불과 백여 합을 겨루기도 전에 복면인들의 전신은 땀으로 흠뻑 젖었다.

 '역시 화군악이다.'

 '겨우 보법 하나만으로 이렇게 우리를 녹초로 만들다니.'

 복면인들은 새삼 감탄했다.

 종리군이 왜 화군악과는 상대하지 말라고 했는지 확실히 알게 되었다. 게다가 아직 화군악은 그 전설의 태극혜검을, 아니 제대로 검 한 번 휘두르지 않은 상태였다.

 복면인들은 서로 눈짓을 교환하고는 황급히 뒤로 물러났다. 거친 폭우가 세찬 바람에 휘몰아치는 가운데, 세 복면인은 작전을 변경하기로 했다.

 이렇게 초식을 사용하여 검술만으로 싸우는 건 절대 화군악의 저 기기묘묘한 보법을 따라잡을 수 없었다. 이럴 때 필요한 게 내공이었고, 그 내공을 이용하여 발출하는 검기와 검강이었다.

 사실 검술(劍術)과 검공(劍功)은 같으면서도 전혀 다른 부류의 무공이었다.

 검이라는 무기를 사용하여 적을 찌르고 벤다는 점에서는 검술과 검공이 같다고 할 수 있었다.

 반면 신체 능력과 타고난 힘, 끊임없는 노력과 수련을 바탕으로 섬세하게 검로를 이어 가는 게 검술이라면, 내공의 힘을 근원으로 하여 주변 모든 것을 파괴하고 몰살하는 게 검공이었다.

 그러니 언뜻 생각하면 검술은 애당초 검공의 상대가 되지 않아 보였지만, 검술은 검공의 기본이자 근원이었다. 검술을 모르고서는 제대로 된 검공을 펼칠 수도, 그 검공의 효과를 극대화할 수도 없었다.

 또 내공이 부족하거나 아예 없는 경우라 할지라도 극한의 경지에 달한 검술이라면 충분히 내가고수(內家高手)의 목숨을 빼앗을 수 있었다.

 저 부상국의 인자들이 가끔씩 대륙으로 넘어와 강호무림의 고수들을 암살하고 시해(弑害)하는 상황이 바로 그런 경우였다.

 부상국의 인자와 검객들은 애당초 내공이라는 걸 쌓지 않았지만, 그럼에도 불구하고 그 극한의 경지에 오른 검술로 여러 강호 고수들의 생명을 앗아 가고는 했다.

하지만 그 검술이 통하지 않을 정도로 민첩하고 날렵한 적이라면 검공처럼 딱 들어맞는 공격이 없었다. 검기는 검로와 상관없이 주변 모든 것을 긋고 베었다. 심지어 검강은 건물조차 와르르 무너뜨릴 정도의 위력을 지녔다.

 복면인들이 지금껏 화군악을 향해 공격을 퍼부었던 건 이른바 검술이었다. 하지만 그게 통하지 않는다는 걸 깨닫게 되었으니 이제 남은 건 검공뿐이었다.

 세 복면인은 호흡을 가다듬으며 검에 내력을 주입했다. 그들의 검이 새하얗게 빛나기 시작했다. 사방이 깜깜한 가운데, 그들의 검은 마치 바람에 꺼지지 않고 비에 젖지 않는 촉(燭)처럼 빛을 발하고 있었다.

 그리고 어느 순간부터 그 빛의 길이가 점점 늘어가기 시작했다. 복면인들의 검날은 평범한 길이인 석 자 두 푼, 하지만 빛의 길이는 어느새 여섯 자가 훌쩍 뛰어넘어 거의 두 배가량 늘어나 있었다.

 '최소한 일 갑자는 넘은 내공이구나.'

 화군악은 내심 감탄했다.

 목소리와 눈빛, 그리고 검을 쥔 손등을 보건대 아무리 많이 잡더라도 사십 대는 넘지 않아 보이는 복면인들이었다.

 그런데 일 갑자 이상의 내공을 지닌 게다. 그리고 그 일 갑자 내공을 온전히 자신의 것으로 삼아서 발현할 수 있는 능력과 실력을 지닌 것이다.

저 백팔원로나 백도의 노기인들 중에서도 이만한 실력을 지닌 자는 그리 많지 않았다. 무림십왕까지는 아니겠지만, 백팔원로의 최상급 수준은 족히 되었다.

'이삼 년 전의 나였더라면 절대 이기지 못했을 터.'

화군악은 빙긋 미소 지었다.

'종리군, 그 녀석은 아직도 나를 몇 년 전의 나로 생각하고 있나 보구나.'

화군악은 불과 한두 해 사이, 그 이전의 십 년 공부보다 최소한 두 배는 더 강해졌다. 그건 연습과 육체적인 노력과 수련 때문에 이뤄진 게 아니었다.

정신적인 깨달음. 이른바 각성을 통해 수준이 달라진 까닭이었다.

그랬다. 화군악은 이미 당경(堂境)과 노경(老境), 문경(文境)의 경지를 훌쩍 뛰어넘어 심경(心境)의 경지에 이르러 있었다.

그것도 갓 심벽(心壁)에 발을 디딘 경지가 아닌, 이미 또 다른 경지에 오르기 위해 발걸음을 내디딘 바로 그 위 단계에 올라 있었다.

물론 그것은 태극혜검의 깨우침 덕택에 가능한 일이었다. 놀랍게도 태극혜검을 일성(一成) 깨우칠 때마다 그는 성큼성큼 한 계단 위로 오를 수가 있었다.

그리하여 태극혜검을 완벽하게 깨우친다면 어쩌면 장삼봉 이후에 단 한 명도 이르지 못했다는 절대 경지까지 오를지도 모르는 일이었다.

화군악은 천천히 호흡을 내쉬었다. 그의 호흡은 너무나도 미약하고 너무나도 은은하여서 숨이 들고 나감을 전혀 인지할 수 없었다.

일반적인 호흡법이 크게 숨을 들이마셨다가 한순간 호흡을 끊고 모든 걸 내지르는 방식이라면, 화군악의 그것은 전혀 달랐다.

그의 희미한 호흡은 면면부절(綿綿不絕) 끊어지지 않고 이어지고 있었다. 한순간 한꺼번에 힘을 쏟아붓는다고 해서 호흡이 끊어지지 않았다.

마음은 명경지수(明鏡止水)처럼 맑고 흔들림이 없는 가운데, 호흡 역시 투명하고 끊임이 없었다. 그런 가운데 어느 한순간 화군악의 검극에서 아지랑이가 피어올랐다. 바로 태극혜검의 정화가 모이는 순간이었다.

복면인들의 눈빛이 파르르 떨렸다.

화군악의 검끝에 모락모락 피어오르는 아지랑이를 본 그들은 직감적으로 깨달았다.

-저게 바로 태극혜검이로구나!

비록 본 적은 단 한 번도 없지만, 들은 적도 한 번 없는 검공이었지만 그들은 알 수 있었다.

 아지랑이가 피어오르는 동시에 검을 주변으로 파생하는 거대한 기운과 기세와 투기와 살기의 총합(總合)이 폭풍과도 같은 기세로 일어나는 것이었다.

 바로 이게 태극혜검이 아니라면 도대체 그 어떤 것이 태극혜검일 수 있겠는가!

8장.
탈출(脫出)

화군악은 이를 악물었다.
분수에 맞지 않게 태극혜검을 펼치느라 텅 빈 단전이었다.
다급하게 끌어올린 내공만으로는 저 계집을 상대하기가 벅찼다.
게다가 독희는 자신의 처지도 잊은 듯 계속해서
화군악의 팔뚝을 깨물고 마구 비수를 휘두르는 중이었다.
'차라리 독희, 이 계집부터 죽이고 생각해 봐?'
화군악의 뇌리에 그런 잔악한 생각이 떠오를 수밖에 없는 상황이었다.

탈출(脫出)

1. 네년이었구나!

 지금껏 단 한 번도 보지도 듣지도 못한 검법이었지만, 지금 화군악이 펼치고자 하는 것이 무엇인지는 복면인들은 본능적으로 알 수 있었다.
 '태극혜검!'
 복면인들의 뇌리에는 동시에 그 넉 자 단어가 새겨졌다. 더불어 전음술이나 눈짓 등 그 어떤 의사 표현 없이 그들의 머릿속에는 다들 똑같은 생각이 떠올랐다.

 ─놈의 태극혜검이 완벽하게 펼쳐지기 전에 선수를 쳐

야 한다!

 순간 세 명이 복면인이 동시에 검을 날렸다. 어느새 여덟 자 길이로 변해 있던 새하얀빛이 화군악을 향해 쏜살처럼 날아들었다.
 그야말로 전광석화(電光石火)!
 그들이 떨쳐 낸 검기와 검강이 감당할 수 없는 기세로 화군악을 향해 폭사했다.
 콰앙!
 뒤늦은 파공성이 마치 거대한 폭발음처럼 이어졌다.
 바로 그 순간, 화군악의 전신에서 감히 범접할 수 없는 빛무리가 일었다.
 번쩍!
 눈이 타들어 가는 듯한 엄청난 섬광에 독희와 독녀들은 물론, 심지어 화군악에게 일격을 날리던 복면인들조차 눈을 감아야만 했다.
 그래서였다.
 갑판 위에 있던 이들 중 그 누구도 화군악의 전신에서 뿜어져 나온 그 새하얀 빛무리 속에서 삼백육십여 가닥의 섬광이 서리서리 뿜어져 나오는 장관을 보지 못했다.
 그 삼백육십여 개의 섬광은 복면인들이 휘날린 검기와 검강을 산산조각 내더니 그대로 복면인들의 전신에 수백 개의 선(線)을 그었다.

놀랍게도 그 선은 저 무당산의 무애암에 새겨 있는 수백 가닥의 검흔(劍痕)과 완벽하게 닮아 있었고, 그렇게 복면인들의 머리와 얼굴 가슴과 배, 팔과 다리 할 것 없이 그어진 수백 개의 선은 그들의 전신을 마치 깍두기처럼 수백 개의 조각으로 잘라 냈다. 복면인들의 깍두기처럼 잘린 신체가 천천히 분리되기 시작했다.

"이, 이게 도대체……."

제 몸에서 수백 개의 살덩어리가 조각난 채 떨어져 나가는 광경을 보면서 복면인 중 하나가 도저히 믿을 수 없다는 듯 실성한 것처럼 중얼거렸다.

하지만 그것도 그뿐, 그의 입마저 싹둑 잘린 채 바닥에 툭! 하고 떨어지면서 그는 두 번 다시 입을 열 수가 없었다.

세 복면인의 죽음은 어이가 없을 정도로 싱거웠고, 또 참혹했다. 지금까지 표정 한 번 변하지 않았던 독희마저도 부들부들 떠는 눈빛으로 주위를 둘러보았다.

독희는 그들 복면인이 얼마나 강한지 잘 알고 있었다. 그런데도 저 화군악의 일초지적(一招之敵)조차 되지 못했다. 도대체 화군악은 어떤 괴물이냔 말이다.

"조금…… 무리했나?"

화군악은 호흡을 가다듬으며 중얼거렸다. 그제야 울

컥, 하고 치밀어 오르던 울혈이 가라앉았다.

아닌 게 아니라 무리했다. 그것도 조금이 아니라 심하게 과할 정도로 무리한 화군악이었다.

지금의 화군악에게는 절대 이런 경지의 태극혜검을 펼칠 능력이 없었다. 기껏해서 육 성, 혹은 칠 성에 이른 수준으로 십 성의 경지에 버금가는 태극혜검을 펼친다면 당연히 무리가 갈 수밖에 없었다.

따라오지 못한 내공을 억지로 끌어올리는 바람에 진원진기(眞元眞氣)까지 손상될 뻔했으며, 오장육부가 다쳐 울혈이 생기는 내상을 입고 말았다.

화군악이 그렇게 무리한 이유는 뻔했다.

종리군 그 자식이 자신을 아직도 얕보고 있는 것 같아서 화가 나는 바람에, 또 종리군 그 개자식의 아내와 자식이 함께 지켜보는 자리였던 까닭에 화군악은 평소보다 몇 배나 더 힘을 쓴 것이었다.

만약 살아남게 된다면, 그래서 종리군에게 되돌아갈 수 있다면 그때 '화군악, 그는 당신이 생각한 것보다 열 배는 더 강해요.'라고 전하라고 하듯이, 화군악은 스스로 내상을 입을 정도로 과하게 전력을 쏟아부은 것이었다.

또 그래서였다, 내기로 봉인해 두었던 고독이 꿈틀거리면서 기어오르기 시작한 것은.

'이런 젠장!'

순간적인 호승심과 감정의 분출로 인해 저도 모르게 악수(惡手)를 두고 만 화군악은 눈살을 찌푸리며 황급히 남은 내력을 모두 끌어올려 고독의 움직임을 봉쇄했다.

울컥!

다시 한번 비릿한 울혈이 목구멍까지 치밀어 올랐다.

바로 그때였다.

콰아앙!

바로 코앞에서 벼락이 떨어지는 듯한 굉음이 일었다. 화군악들이 타고 있던 거대한 객선이 크게 요동치는가 싶더니 이내 한쪽으로 심하게 기울기 시작했다.

동시에 독희가 서 있던 바로 그 갑판 바닥에 둥근 원이 그려지면서 그녀가 갑판 아래쪽으로 추락하듯 떨어졌다. 전혀 예상치 못한, 느닷없이 일어난 상황이었으나 화군악은 당황하지 않고 몸을 날려 추락하던 그녀를 낚아챘다.

빠르게 뻗은 화군악의 손이 그녀의 팔뚝을 거머쥐는 순간, 뒤쪽에 모여 있던 세 명의 독녀가 곧바로 화군악의 등을 향해 공격을 퍼부었다. 나름대로 전력을 다한 기습이었다.

그래 봤자 일개 계집들의 공격이라고 생각하면서 가볍게 군혼을 뒤로 돌려 막으려 했던 화군악의 안색이 급변했다. 자신의 등을 향해 날아들던 세 개의 도격(刀擊) 중 하나가 한순간 그 속도와 궤적을 달리하여 화군악의 다리를 휘둘러진 탓이었다.

칼을 휘두르던 중간에 갑자기 열 배 이상의 속도로 빨라지다니, 그건 있을 수 없는 일이었다. 더불어 그렇게 변한 속도와 더불어 칼을 휘두르던 궤적을 순식간에 바꾸는 건 절대 저 묘강 여인들이 해낼 수 없는 차원의 수법이었다.

'네년이었구나!'

끝까지 정체와 신분을 숨기고 있던, 종리군이 무림오적을 상대하기 위해 보낸 정예 중의 정예가 바로 다섯 독녀 중 한 명이었던 것이었다.

화군악은 독희의 팔뚝을 움켜쥔 채 황급히 허공으로 몸을 날렸다. 독녀가 휘두른 칼날이 아슬아슬하게 화군악의 발바닥을 훑고 지나갔다. 가죽 신발 밑창이 성둥 잘려 나가면서 그의 발바닥이 그대로 드러났다.

조금이라도 화군악의 반응 속도가 느렸더라면 그대로 발목이 잘려 나갔을 것이었다. 등골이 오싹해지는 순간이었다.

하지만 화군악은 안도의 한숨을 내쉴 새가 없었다. 그에게 팔뚝을 잡힌 독희가 갑자기 화군악에게 달라붙는가 싶더니 이내 다른 손에 비수를 꺼내 든 채 그의 심장을 찔러 왔다.

화군악은 앗 뜨거라, 하듯 그녀를 밀쳐 내는 동시 허공에서 재빨리 공중제비를 돌며 갑판에 안착했다.

 단번에 독희의 등 뒤로 돌아선 화군악이 그녀의 마혈을 제압하려는 순간, 독희는 제 목을 끌어안고 있던 화군악의 팔뚝을 있는 힘껏 깨물었다.

 얼마나 제대로 깨물었는지 살점까지 뜯겨 나간 화군악의 팔뚝에서 피가 분수처럼 흘러나왔다. 화군악은 격한 통증에도 아랑곳하지 않고 그녀의 마혈을 짚으려 했다.

 바로 그 순간 재차 예의 그 섬전과도 같은 칼이 화군악의 심장을 노리고 날아들었다.

 '이런!'

 내상을 입었을 때나, 조금 전 독희에게 팔을 깨물렸을 때나 전혀 표정 하나 변하지 않았던 화군악의 얼굴빛이 한순간 급변했다.

 지금 화군악은 독희의 등 뒤에서 그녀를 껴안고 있었다. 즉, 놀랍게도 날아드는 칼은 화군악의 심장만을 겨냥한 게 아니라, 독희의 목숨까지 노리는 것이었다.

 화군악을 죽이기 위해서 독희와 또 종리군의 아이까지 도외시하는, 그야말로 악랄하기 그지없는 일격이었던 것이었다.

 화군악에게는 독희의 마혈을 점할 시간이 없었다. 독희를 안고 있는 이상 뒤로 물러날 수도 없었다.

무엇보다 화군악 혼자라면 능히 취몽보를 펼쳐 피할 수 있겠지만 독희와 함께라면, 그것도 마구 발버둥을 치고 있는 그녀와 함께라면 아무래도 반응 속도가 현저하게 떨어질 수밖에 없었다.

지금 화군악이 할 수 있는 건 오로지 군혼을 휘둘러 저 계집의 칼을 막아 내는 방법뿐이었다.

그는 한 팔로 독희의 목을 조른 채 군혼을 휘둘렀다. 칼과 검이 부딪치는 순간 챙! 하는 요란한 소리가 일었다.

도대체 얼마나 고강한 내력이 실려 있는 칼질이었는지 화군악조차 칼과 검이 정면으로 부딪치는 그 충격에 하마터면 군혼을 놓칠 뻔했다. 손아귀가 저리고 팔뚝까지 울림이 이어졌다.

'빌어먹을, 내공이 부족하다!'

화군악은 이를 악물었다.

분수에 맞지 않게 태극혜검을 펼치느라 텅 빈 단전이었다. 다급하게 끌어올린 내공만으로는 저 계집을 상대하기가 벅찼다.

게다가 독희는 자신의 처지도 잊은 듯 계속해서 화군악의 팔뚝을 깨물고 마구 비수를 휘두르는 중이었다.

'차라리 독희, 이 계집부터 죽이고 생각해 봐?'

화군악의 뇌리에 그런 잔악한 생각이 떠오를 수밖에 없

는 상황이었다.

 2. 아수라장

"배가 침몰한다!"
"조금 전 벼락을 맞아서 선벽(船壁)에 구멍이 뚫렸다!"
"다들 도망치십쇼!"
 선부들이 마구 객실 문을 두드리며 미친 듯이 소리쳤다. 객실을 따라 이어진 복도에서는 우탕탕탕! 요란한 소리가 들려왔다.
 "우리도 나가 봐야 하지 않겠소? 늦게 나갔다가는 그나마 갈아탈 쪽배도 없을 것 같은데."
 당운보가 굳은 얼굴로 말했다. 안 그래도 마천과 석정은 짐을 꾸리고 있던 참이었다. 빙혼마고와 야래향이 자리에서 일어났다.
 당운보가 객실 문을 열려고 했지만 소용이 없었다. 좁은 복도에는 도망치려는 선부들과 선객들로 가득 차 있었고 그래서 문조차 열리지 않았다. 복도는 이미 아수라장으로 변해 있었다.
 당운보는 힐끗 객실 전체를 둘러보다가 마음을 굳힌 듯 내공을 끌어올리며 말했다.

"다들 조심하시오."

동시에 그는 두 손으로 무언가를 밀어내듯 천장을 향해 장력을 날렸다. 강대무비한 장력이 그의 양손에서 뿜어져 나오더니 그 기세 그대로 천장을 강타했다.

콰앙! 우지끈!

요란한 소리와 함께 나무로 만들어진 천장이 부서졌다. 나뭇조각들이 우르르 떨어지는 가운데 장대한 빗줄기가 그대로 객실 안까지 쏟아졌다.

"다들 이곳으로 탈출합시다."

당운보는 그렇게 말하며 경공술을 펼쳐 천장 밖으로 몸을 날렸다. 그 뒤를 따라 빙혼마고와 야래향이 날아올랐고, 석정과 마천이 허둥지둥 짐을 멘 채 뛰어올랐다.

쏴아아!

쉬지 않고 폭우가 쏟아지는 가운데 그들이 내려선 갑판은 선미(船尾) 쪽, 그러니까 지금 한창 싸움이 벌어지고 있는 화군악과는 정반대 쪽이었다.

마침 뱃고물 쪽에는 십여 개의 쪽배들이 가지런히 놓여 있었고, 그 쪽배를 타기 위한 선객들이 앞다퉈 선실 밖으로 튀어나오고 있었다.

뱃고물은 순식간에 사람들로 가득 차 한 걸음도 제대로 움직이기 힘들 지경이 되었다.

"아악! 밟지 마! 밟지 말라고!"

"비켜! 다들 비켜!"

"사람이 쓰러졌다!"

"내가 먼저야! 내가 먼저라고!"

그들이 살기 위해서 연신 내지르는 비명과 고함은 거의 단말마에 가까웠다.

그때였다.

콰앙!

선수(船首), 이물 쪽에서 다시 한번 요란한 굉음이 들려왔다.

선객들은 두 손으로 머리를 감싼 채 새파랗게 질린 얼굴로 울부짖었다.

"벼락이다!"

"벼락이 또 떨어졌다!"

그들은 사색이 된 채 어떻게든 쪽배를 타고 이 침몰하는 객선에서 빠져나가기 위해 허둥댔다.

하지만 당운보들은 방금 들려온 굉음이 벼락이 떨어지는 소리가 아님을 직감했다.

"군악, 그 아이가 싸우고 있나?"

야래향이 걱정스럽다는 표정을 지으며 중얼거리나 싶더니, 이내 갑판 바닥을 박차고 허공으로 날아올랐다.

순식간에 선객들 머리 위로 날아간 그녀의 신형은 이내 짙은 어둠에 가려져 보이지 않게 되었다.

그 우아하면서도 날렵하고 쾌속한 경공술을 본 당운보가 저도 모르게 감탄했다.

"저게 야래향의 경공술이군그래."

"감탄할 새가 어디 있어요? 우리도 얼른 따라가요."

빙혼마고가 핀잔을 주는가 싶더니 그녀 역시 갑판 바닥을 박차고 날아갔다. 당운보도 그 뒤를 따르려다가 문득 석정과 마천을 돌아보며 말했다.

"아무래도 너희는 힘들겠구나."

빙혼마고나 야래향, 그리고 당운보야 사람들 머리 위로 십여 장 정도 날아갈 경공술을 펼칠 수 있었지만, 석정과 마천은 그게 불가능했다.

그렇다고 쉬지 않고 뱃고물 쪽으로 밀려드는 선객과 선부들을 헤집고 이물 쪽으로 거슬러 올라가는 건 거의 불가능한 일이라 할 수 있었다.

"어쩔 수 없지."

당운보는 손을 뻗어 석정의 옷자락을 움켜쥐나 싶더니 이내 이물 쪽을 향해 그들을 힘껏 내던졌다. 적잖은 체구의 석정이 비명을 지르며 어둠 저편으로 날아갔다.

당운보는 곧바로 아직 자그마한 체구의 마천을 옆구리에 끼고는 석정이 사라진 방향으로 몸을 날렸다. 결코 야래향에게 뒤지지 않는 속도의 경공술이었다.

* * *

 종리군이 남겨 둔 비장의 한 수.

 호위무사들의 대장이자 독녀 중 한 명으로 변장해 숨어 있던 그녀의 존재는 얼마나 종리군이 은밀하고 비밀스레 처리했는지, 다른 호위무사들은 물론 심지어 독희조차 알지 못하고 있었다.

 도대체 언제 바꿔치기를 한 것인지, 또 어떻게 그녀가 천년고독묘 비장(祕藏)의 절기인 고독전어심령술까지 익혔는지도 독희는 전혀 알 수 없었다.

 그러나 지금은 그런 지엽적인 문제에 고민하고 의아할 때가 아니었다. 쇠처럼 단단하게 자신의 목을 옭아매고 있는 화군악의 팔뚝에서 벗어나 자유로운 몸이 되어야만 했다.

 자신의 목숨은 중요하지 않았다. 언제든지 죽을 수 있었고, 또 전장에서 죽는 것처럼 명예로운 죽음이 없었으니까.

 하지만 그녀는 지금 주군, 종리군의 씨앗을 잉태하고 있는 몸, 어떻게든 반드시 살아남아야 했다.

 그녀는 최대한 발버둥을 치며 악착같이 화군악의 팔뚝을 깨물고 잡아 뜯었다. 그 바람에 화군악은 제대로 자세를 잡을 수가 없었고, 또 호위무사의 대장에게 집중하기도 힘들어졌다.

 화군악의 눈가에 악독한 빛이 스며든 건 바로 그때였

다. 차라리 독희를 죽이는 게 훨씬 더 수월하겠다는 생각이 눈빛으로 표출된 것이었다.

화군악을 향해 맹공을 퍼붓던 대장이 그걸 놓칠 리가 없었다. 그녀는 더더욱 빠르고 매섭게 검격을 퍼부었으며, 화군악은 원령혼무보와 취몽보를 번갈아 밟으면서 그녀의 예공(銳攻)을 피하고 있었다.

콰앙!

순간 다시 한번 굉음이 갑판 아래쪽에서 터져 나왔다. 화군악이 서 있던 이물과 정반대 방향인 고물 쪽에서 당운보들이 들었던 바로 그 굉음이었다.

누군가 폭약이라도 터뜨린 것일까. 배 밑바닥이 뻥 뚫리고 강물이 밀려들었다. 안 그래도 침몰 중이던 객선이 더더욱 빠르게 가라앉기 시작했다.

"젠장!"

화군악이 짜증을 부리며 군혼을 휘둘렀다.

굉음과 함께 큰 충격을 받은 객선이 크게 요동치는 바로 그 찰나, 마치 기다렸다는 듯이 혹은 미리 그럴 줄 알고 있었다는 듯이 호위무사의 대장이 사오 장 거리를 격하고 화군악의 지근거리까지 날아들었던 까닭이었다.

대장은 날아드는 동시에 허리를 낮춰서 화군악이 휘두른 군혼을 피하면서 그대로 화군악의 미간을 향해 검을 날렸다.

느닷없이 폭발음이 터지고 객선이 요동치는 바람에 균형을 잃어야만 했던 화군악으로서는 실로 감당할 수 없을 정도로 빠른 일격이었다.
"제기랄!"
화군악은 더욱더 소리 높여 외치며 독희를 앞으로 밀어냈다.
"돌려주마!"
독희는 그대로 대장을 향해 날아갔고, 대장은 어쩔 도리 없이 그녀를 붙잡아야만 했다. 그 틈을 이용하여 화군악은 훌쩍 뒤로 몸을 날리며 자세를 곧추세웠다.
하지만 독희를 회수한 대장은 화군악의 뒤를 쫓지 않았다. 대신 그녀는 피식 웃으며 화군악에게 한마디를 내던지고는 그대로 뻥 뚫린 갑판 아래로 뛰어내렸다.
갑판 아래쪽에서 대기하고 있던 누군가가 미리 준비해둔 쪽배에 대장과 독희를 싣더니 그대로 객선 밖으로 탈출했다. 화군악이 미처 몰랐던 또 다른 호위무사들이 바로 그곳에 있었던 것이었다.
뒤늦게 상황을 눈치챈 나머지 독녀들도 마치 절벽 아래로 몸을 날리듯, 난간을 뛰어넘어 강물 아래로 몸을 던졌다. 그야말로 순식간에 벌어진 일이었다.

3. 침몰

"이런 제기랄!"

화군악은 이를 악문 채 왼쪽 팔뚝을 내려다보았다. 마치 맹수가 물고 할퀸 듯한 상처가 여러 군데 나 있었다.

아닌 게 아니라 화군악에게 있어서 독희는 맹수였다. 절대 길들일 수 없는 야생의 맹수.

하지만 지금 화군악을 화나게 만드는 여인은 따로 있었다.

"재수 없는 계집!"

화군악은 재차 투덜거렸다.

조금 전 그에게 건넸던 대장의 마지막 한마디가 아직도 귓가에 맴돌고 있었다.

-나중에 제대로 한 수 가르쳐 주지, 화군악.

모멸감과 수치심이 분노보다 먼저 그의 감정을 휘감았다.

언제 그가 이런 식의 대접을 받은 적이 있었는가. 맹세코 태극혜검을 익힌 이후로는 단 한 번도 겪지 않았던 수모였다.

도대체 어느 방면의 인물일까.

천년고독묘의 어린 독녀로 변장하기도 했지만, 어쨌든 목소리로 추정하건대 아무리 많아도 서른은 되지 않을 것 같은 나이. 그 나이에, 여인의 몸으로 그 정도 경지에 오른 이가 과연 몇이나 될까.

화군악은 지금껏 수많은 고수와 싸워 왔다. 그중에는 나이 든 노고수들도 있었고, 젊은 패기로 가득 찬 자들도 있었다. 물론 오만하고 긍지 높은 여협객들도 적지 않았다.

하지만 저 빌어먹을 계집만큼 강하고 젊은 고수는 없었다.

과연 종리군다웠다.

그녀는 확실히 화군악의 의표를 찌르는 예상 밖의 한 수였고, 화군악을 잘 알고 있는 종리군이었기에 준비할 수 있는 비장의 한 수임이 분명했다.

그래서 화군악은 더 기분이 나빴고 더더욱 불쾌했다. 마치 종리군에게 뒤를 내준 느낌이었다.

"내 반드시……."

화군악은 손에 쥔 물건을 와락 움켜쥐며 중얼거렸다.

"네년의 가랑이를 찢어발겨 주마. 두 번 다시 내게 그런 표정을 짓지 못하도록 말이다."

화군악은 피식 웃던 그 계집의 얼굴을 떠올리며 맹세했다.

그때였다. 쏟아지는 폭우 사이로 몇 가닥의 바람이 이는가 싶더니 야래향과 빙혼마고, 그리고 석정이 날아들었다. 바로 그 뒤를 이어 옆구리에 마천을 낀 당운보까지 어두운 허공을 날아 이물 쪽 갑판에 내려섰다.

"어찌 된 일이더냐?"

갑판에 내려서자마자 야래향이 황급히 물었다. 화군악은 손에 쥔 물건을 품에 넣으면서 아직도 성이 가라앉지 않은 표정을 지은 채 투덜거리듯 대꾸했다.

"다 잡은 고기를 놓치고 말았어요, 사부. 젠장! 정말 큰 대어였는데, 이건 뭐 낚싯바늘을 빼다가 놓친 꼴이 되고 말았어요. 얼마나 파닥거리는지 원."

뒤늦게 날아온 당운보가 마천을 안전하게 내려 준 후 화군악을 훑어보았다. 동시에 그는 화군악의 팔에서 상당한 양의 피가 흐르는 걸 보았다.

"부상을 입었구나. 팔을 보여 주게."

당운보가 다가서며 말했다. 화군악은 한 걸음 뒤로 물러서며 대꾸했다.

"괜찮습니다. 이건 부상 축에도 들지 않아요. 문제는……."

"문제는?"

"고독에 당했거든요."

화군악의 태연한 대답에 일순 사람들의 눈이 휘둥그레졌다. 당운보도 흠칫 놀라며 재차 화군악에게 다가오더니 다짜고짜 손을 낚아채며 맥문을 짚었다.

화군악은 손을 빼려다가 빙혼마고의 날카로운 시선을 느끼고는 그대로 당운보에게 손을 맡겼다.

한참이나 맥을 짚던 당운보의 얼굴이 어느 한순간 딱딱하게 굳어졌다. 심장과 뇌로 이어지는 심맥(心脈) 한중간에서 꿈틀거리고 있는 무언가의 기척을 감지한 것이었다. 바로 묘강의 고독이었다.

"어쩌다가 고독에 당한 것인가? 설마 그 팔뚝의 상처를 통해서……."

당운보가 그렇게 물을 때였다.

요란한 소리를 내면서 객선이 한 차례 기우뚱하는가 싶더니 이내 그대로 강물 속으로 가라앉기 시작했다. 순식간에 그들이 서 있던 갑판까지 강물에 휩싸였다.

"예서 이럴 때가 아니네요."

빙혼마고가 주위를 둘러보다가 가장 큰 돛대를 향해 일장을 날렸다.

콰앙!

우지끈 소리와 함께 돛대가 부러졌다. 빙혼마고는 곧장 부러진 돛대를 향해 몸을 날려 힘껏 걷어차면서 소리쳤다.

"다들 이 돛대에 매달려요!"

거대한 돛대는 빙혼마고의 발길질에 갑판을 굴러 강물

로 떨어졌다. 야래향과 빙혼마고가 동시에 그 돛대로 날아들었다.

화군악도 뒤를 이어 몸을 날리려다가 문득 석정을 돌아보고는 "죄송합니다, 형님." 하면서 그를 낚아채고는 함께 강물로 뛰어들었다. 당운보도 다시 마천을 옆구리에 끼고 갑판을 박차며 날아올랐다.

콰르릉! 번쩍!

섬광과 함께 요란한 천둥소리가 강물 위로 내리꽂혔다. 폭우는 쉬지 않고 쏟아졌으며 강물은 격렬한 파도를 일으키며 미친 듯이 날뛰었다.

고물에 있던 쪽배들은 쉬지 않고 내려졌다. 쪽배마다 수십 명의 사람이 타고 있어서 금방이라도 가라앉을 것만 같았다.

그나마 쪽배에 미처 타지 못한 선객들이 비명을 지르고 아우성쳤다. 발을 동동 구르다가 강물로 뛰어드는 자들도 적지 않았다.

그러는 가운데 그들이 타고 있던 객선의 모습이 더는 보이지 않았다. 강물 아래로 완전히 침몰한 것이었다.

콰르릉!

번개가 내리치고 있었다.

새파란 섬광이 사방을 비췄다. 격노한 파도가 강을 뒤덮고 있는 가운데, 한 무리의 사람들이 부러진 돛대에 매달린 채 하염없이 표류하는 모습이 언뜻 비쳤다. 바로 조금 전 객선에서 탈출했던 화군악 일행이었다.

거대한 파도가 몇 번이고 그들을 집어삼켰다가 내뱉었다. 가뜩이나 어두운 데다가 사방에서 바람이 휘몰아치고 폭우가 쏟아지다 보니 전후좌우, 사방을 분간할 수가 없었다.

하지만 그들은 끝까지 부러진 돛대를 놓치지 않았다. 그렇게 돛대에 매달린 채 한참을 떠내려가다 보니 언뜻 강기슭이 그들의 시야에 들어왔다.

대략 십여 장 정도의 거리였지만 화군악 일행에게는 아무런 문제가 되지 않았다.

사람들은 누가 뭐라고 하기도 전에 자신들이 매달려 있던 돛대를 부러뜨린 후 강기슭을 향해 내던졌다.

그렇게 서너 개의 돛대 조각들이 격랑(激浪)을 따라 출렁일 때, 그들은 경공술을 발휘하여 삼사 장 간격으로 떨어져 있는 돛대 조각들을 연달아 밟으며 순식간에 강기슭으로 이동했다.

그 광경은 일반 사람들이 징검다리를 뛰어 건너는 모습과 크게 다르지 않았고 겉으로 보기에는 쉽고 단순하고 간단해 보이는 행위였지만, 실상은 전혀 그렇지 않은 듯했다. 막상 물에 흠뻑 젖은 채 강기슭에 당도한 사람들은 바로 그 자리에 발라당 드러누운 채 크게 숨을 몰아쉬었다.

다들 기진맥진한 모습을 보건대 예까지 오는 동안 상당한 체력을 소모한 것 같았다.

"하마터면 큰일 날 뻔했네."

빙혼마고가 숨을 헐떡이며 투덜거렸다. 당운보도 고개를 끄덕이며 말했다.

"아무리 우리들이라고 하더라도 물에 휩싸이면 목숨을 잃을 수도 있으니 말이오."

그렇게 말하는 사천당문의 독종주는 저도 모르게 안도의 한숨을 내쉬고 있었다.

9장.
이독제독(以毒制毒)

"그렇게 쉽게 해결될 수 있다면 어찌 고독이라 불리겠느냐?
고독을 죽이거나 그 증상을 치료하는 건
상당히 어렵고 복잡한 일이다."
화군악의 얼굴에 떠올랐던 화색이 이내 사라졌다.
당운보는 계속해서 말했다.
"하지만 자네는…… 뭐랄까, 타고난 복이 있다고 해야 할까?
아니면 자네에게 행운이 깃들고 있다고 해야 할까?
마침 자네의 곁에 석정이 있으니 말이다."

이독제독(以毒制毒)

1. 석정의 독성(毒性)

아무리 도검불침(刀劍不侵), 금강불괴(金剛不壞), 만독지체(萬毒之體)의 몸을 가진 초절정 고수라 하더라도 호흡하지 못하고 숨을 쉬지 못하면 당연히 죽기 마련이었다.

격랑이 위험한 건 바로 그 이유에서였다.

물에 휩싸여 가라앉은 채 빠져나오지 못하게 되면 결국 숨을 쉴 수가 없게 되고, 그런 상황에 처하게 되면 아무리 천하의 고수라도 목숨을 잃을 수밖에 없었다.

"그때 바다에서 폭풍우에 휩싸였을 때도 몇몇 고수들이 그렇게 목숨을 잃었다오."

당운보는 문득 옛 생각을 떠올리듯 가늘게 눈을 뜨며 그렇게 중얼거렸다. 화군악은 처음 들어 보는 이야기라 눈을 휘둥그레 뜨며 물었다.

"바다에 나가신 적도 있었습니까?"

"아, 자네는 듣지 못했나? 그러니까 내가 젊었을 적에……."

"그런 한가한 이야기는 나중에 하자고요."

빙혼마고의 말에 당운보는 무안한 표정을 지으며 입을 다물었다.

'당 숙부도 어쩔 수가 없구나.'

화군악은 빙운마고의 한마디에 꼼짝하지 못한 채 입을 닫는 당운보를 바라보며 묘한 동료애를 느꼈다.

하기야 유부남이라면 누구나 이해하고 공감할 대목이기는 했다. 특히 성격 까다롭고 뾰족하고 드센 아내를 둔 유부남들이라면 더더욱 그러했다.

화군악은 왠지 당운보가 더 가깝게 느껴졌다. 그와 있었던 감정의 골이 순식간에 녹아내리는 듯한 기분이었다.

한편 단 한마디로 당운보의 입을 막은 빙혼마고는 곧장 화군악을 노려보며 물었다.

"무슨 일이 있었는지 소상히 설명해 봐라."

화군악은 머뭇거리다가 갑판에서 벌어졌던 일들을 간략하게 설명했다.

물론 자신의 잘못은 대부분 감추며 말하지 않았다. 독녀와의 정사도 그녀가 유혹한 걸로, 그리고 그걸 곡해한 독희가 먼저 살수를 펼치는 바람에 일이 그렇게 커지고 말았다는 식의 설명이었다.

화군악의 이야기를 모두 들은 빙혼마고는 가볍게 코웃음을 쳤다.

"흥! 그리 에둘러 말하는 걸 보니 애당초 네가 일을 저지른 게 분명하구나. 네 말과는 달리 화간(和姦)이 아니라 결국 그 독녀 중 한 명을 겁탈한 거겠지. 그래서 고독에 당한 게고. 아주 잘됐다. 그래도 싸다."

화군악은 내심 뜨끔했지만 겉으로는 정색하며 부인했다.

"아닙니다. 확실히 그녀가 먼저 저를 유혹했습니다. 미련 맞게도 그녀에게 다른 속셈이 있었다는 걸 제가 알아차리지 못했을 뿐이죠."

화군악은 일부러 분개하며 말을 이었다.

"설마 일부러 정사를 통해서 제게 고독을 주입한 후 절 조종하려고 들 줄을 어찌 알았겠습니까? 이게 다 아직 제 견문이 짧고 부족한 까닭입니다."

"흥!"

빙혼마고는 여전히 믿지 못하겠다는 듯 재차 코웃음을 쳤다. 하지만 굳이 그런 일로 다툴 때가 아니라고 판단한 듯 그녀는 정색하며 화제를 돌렸다.

"그런데 네가 아무 이익도 없이 독희라는 여인을 적에게 되돌려줬을 거라고는 전혀 믿어지지 않는다. 아무리 종리군이 숨겨 둔 비장의 한 수가 강했다고 한들 말이다."

"역시!"

화군악은 감탄하며 말했다.

"세상에서 절 가장 잘 알고 계시는 분은 사부가 아니라 마고라니까요."

"가만히 있는 나는 왜 또 건드리누?"

야래향이 눈을 흘겼다. 그러자 빙혼마고가 어깨를 으쓱이며 말했다.

"그러니까 조금 전 내 말도 틀리지 않았을 게다. 화간이 아닌 겁탈 말이지. 그 정도로 네 녀석에 대해서는 누구보다도 잘 알고 있으니까."

"아니라니까요, 정말."

화군악은 힐끗 당운보를 곁눈질하며 부인했다.

당운보는 질색하는 얼굴로 화군악을 바라보고 있었다. 만약 독희 중 한 명을 겁탈했다는 사실을 알게 된다면 두 번 다시 화군악과 상종하지 않을 듯한 표정이었다.

화군악은 아무래도 안 되겠다 싶었는지 황급히 화제를 돌려 말을 이어 나갔다.

"그러니까 길을 걷다가 돌부리에 걸려 고꾸라져도 일어설 때는 반드시 무언가를 쥐라는 과거 사부님 말씀처럼……."

"내가 언제 그런 말을 했누?"

"허헙! 어쨌든 독희, 그녀를 떠밀기 전에 이걸 찾았거든요. 그래서 과감하게 그녀를 적에게 돌려주었던 겁니다."

화군악은 품에서 열쇠 하나를 꺼내 들었다. 봉황이 새겨진 금빛 반짝이는 열쇠였다.

"봉황금시!"

그 열쇠를 본 당운보가 깜짝 놀라 소리쳤다. 화군악이 웃으며 고개를 끄덕였다.

"네. 바로 그 봉황금시입니다. 듣기로는 이 봉황금시를 지니고 있으면 묘강과 남만의 모든 부족을 지배할 권능이 생긴다던데…… 그렇다면 과연 제가 얼마나 대단한 공훈(功勳)을 세운 건지 모르겠군요."

화군악은 한층 높아진 콧대를 들어 올리며 거만스레 말했다.

그러나 누구 하나 그의 말에 불쾌감을 느끼지 못했다. 사람들의 이목은 오로지 화군악의 손에 들린 봉황금시에만 집중되어 있었다.

아닌 게 아니라 그건 확실히 놀라운 공적(功績)이었다. 화군악의 말처럼, 봉황금시만 있다면 남만과 묘강의 모든 부족과 족속을 무릎 꿇게 만들 수 있었다.

 그들이 화군악과 어떤 이야기를 나눴든 간에, 그 모든 계약을 파기할 수 있는 권능을 지닌 물건이 곧 봉황금시였다.

 즉, 지금 화군악의 손에 쥐어진 황금빛 열쇠 하나가 새외팔천 중 하나인 남만의 준동을 막을 수 있다는 뜻이었다.

 "잘했다. 정말 잘했다."

 야래향이 활짝 웃으며 화군악을 칭찬했다. 빙혼마고도 고개를 끄덕이며 말했다.

 "뭔가 있을 줄 알았다. 그렇지 않고서야 네가 독희라는 여인을 그렇게 쉽게 내던지지 않았을 테니까."

 당운보도 감탄한 듯 말했다.

 "그 긴박한 순간, 나 같으면 당황하여 아무것도 제대로 생각하지 못한 채 전전긍긍했을 텐데…… 외려 자네가 나보다 훨씬 더 노련하고 노회한 것 같군그래."

 그들의 잇따른 칭찬에 화군악의 콧대가 높아졌다. 그는 어깨를 으쓱거리며 말했다.

 "제 손속이 얼마나 빠르고 은밀했는지, 객선에서 탈출할 때까지도 그 계집들은 전혀 눈치채지 못했다니까요. 뭐, 모르기는 몰라도 지금쯤이라면 제게 봉황금시를 빼앗긴 걸 알고 난리를 치겠지만 말입니다."

"그래. 만약 그녀들이 그걸 알게 된다면 아마도 우리를 찾아서 다시 봉황금시를 빼앗으려 하겠구나."

빙혼마고의 말에 화군악이 주먹을 불끈 쥐며 이를 갈 듯 말했다.

"그거야말로 제가 바라던 바입니다. 그 계집, 다시 만나게 되면 절대 가만 놔두지 않을 겁니다."

"네가 그리 화를 내는 걸 보니 아무래도 그 종리군이 준비한 비장의 한 수인가 뭔가 하는 여인에게 아주 된통 당한 모양이네."

빙혼마고가 피식 웃으며 말할 때였다. 석정이 화군악의 주먹을 보며 깜짝 놀라 소리쳤다.

"어라? 네 손, 왜 그래?"

화군악은 흠칫하며 제 주먹을 내려다보았다. 마치 옻이라도 오른 것처럼 붉은빛 감도는 두드러기와 물집이 손등 곳곳에, 그리고 팔목과 팔뚝에도 번져 있었다.

"어라? 이게 뭐야?"

그 두드러기와 물집을 본 순간, 화군악은 그제야 비로소 도저히 참을 수 없는 가려움을 느끼고 저도 모르게 봉황금시를 든 손으로 박박 긁으려 했다.

"아니, 긁으면 안 되네."

당운보가 다급하게, 그리고 단호하게 화군악의 행동을 말렸다. 화군악이 움찔거리는 순간 당운보는 재빨리 마천을 향해 말했다.

"짐꾸러미에서 금침(金針)을 꺼내거라."

안 그래도 마천은 당운보가 그렇게 지시를 내릴 줄 알았다는 듯이 물에 흠뻑 젖은 짐보따리를 푸는 중이었다.

보따리 안에는 젖은 옷가지가 한가득 있었고, 마천은 그 옷가지들 사이에서 손바닥 크기의 금합을 찾아 꺼내 당운보에게 공손히 바쳤다.

당운보는 곧바로 금합을 열었다. 금합 안에는 백여 개의 크고 작은 침들이 종류에 따라 정리되어 있었다. 당운보는 그중에서 가장 작고 얇은, 우모침(牛毛針)처럼 생긴 금침 십여 개를 꺼내 손바닥 위에 올려놓은 다음 천천히 내공을 끌어올렸다.

그러는 동안 석정은 떨리는 목소리로 화군악에게 연신 사과하고 있었다.

"미, 미안해. 나 때문이다. 내 몸에 닿아서 그렇게 된 거야. 정말 미안하다."

화군악은 그제야 객선에서 탈출할 때 자신이 손을 뻗어 석정의 팔을 잡아끌었던 걸 기억해 낼 수 있었다. 화군악은 속으로 어이가 없다는 듯이 중얼거렸다.

'대단하네! 겨우 그 정도 접촉으로 이렇게 되다니. 도대체 석정 형님의 독성(毒性)이 얼마나 강한 거야?'

화군악은 손이 썩어 들어갈 정도로 가려운 것을 억지로

참으며 활짝 웃었다.

"뭘 이런 걸 가지고 사과까지 하세요? 괜찮아요. 당 숙부께서 금세 치료해 주실 테니까요."

"물론이지. 이 정도 증상이라면 한 식경 안에 완쾌될 것이야."

손바닥 위에 놓인 금침에 내공을 주입한 당운보는 아무렇지 않게 말하면서 빠른 손놀림으로 화군악의 손등과 팔목, 팔뚝에 금침을 놓았다. 이내 금침의 색깔이 검게 변하기 시작했다.

"네 손과 팔에 있는 독을 빨아들이는 중이다. 독을 모두 빨아들이면 발진이나 두드러기가 금세 가라앉을 게야."

당운보는 금침의 상태를 확인하며 그렇게 말했다.

화군악은 가만히 금침의 색이 변하는 걸 지켜보다가 문득 무슨 생각이 들었는지 활짝 웃는 낯으로 입을 열었다.

"그렇다면 이 금침으로 고독을 빨아들일 수도 있지 않을까요? 그게 안 된다면 고독의 독이라도 말입니다."

일순 당운보의 표정이 진지해지더니 이내 고개를 저으며 말했다.

"그렇게 쉽게 해결될 수 있다면 어찌 고독이라 불리겠느냐? 고독을 죽이거나 그 증상을 치료하는 건 상당히 어렵고 복잡한 일이다."

화군악의 얼굴에 떠올랐던 화색이 이내 사라졌다. 당운보는 계속해서 말했다.
　"하지만 자네는…… 뭐랄까, 타고난 복이 있다고 해야 할까? 아니면 자네에게 행운이 깃들고 있다고 해야 할까? 마침 자네의 곁에 석정이 있으니 말이다."
　"네?"
　"네?"
　화군악과 석정이 동시에 눈을 동그랗게 뜨며 의아한 표정을 지었다.
　당운보는 금합에서 다시 우모침과 같은 금침 십여 개를 꺼내 내공을 주입한 다음, 화군악의 팔과 손등에 꽂으며 다시 입을 열었다.
　"고독이 천하에서 제일가는 독물(毒物)이라고는 하지만, 그래도 석정의 독성 앞에서는 한낱 미물(微物)에 불과할 따름이다. 이독제독(以毒制毒)이라고, 석정의 이라면 충분히 고독의 독을 제압할 수 있을 게다."
　"아아, 그렇군요."
　화군악이 고개를 끄덕였다.
　"나도 도움이 되는 거네?"
　석정이 기뻐했다. 조금 전까지만 하더라도 죄책감에 어쩔 줄 몰라 하던 석정은 어깨를 으쓱거리며 즐거워했다.
　그러는 동안 당운보는 새까맣게 변색 된 금침들을 모두

뽑아 마천에게 건넸다.

마천은 비단 손수건으로 금침들을 조심스럽게 감싼 다음, 미리 파 두었던 땅 깊숙하게 파묻었다.

착각이었을까. 한순간 주변 흙들이 검게 변하는 것처럼 보였다.

"다 됐네."

잠시 상태를 살피던 당운보는 화군악의 팔을 툭툭 치면서 말했다.

"독을 모두 제거했으니 두드러기와 발진이 금세 가라앉을 걸세. 그동안 절대 긁지 말고."

"네."

화군악은 저도 모르게 팔을 긁으려던 손을 황급히 내리며 대답했다.

당운보는 주위를 둘러보았다.

여전히 사방은 어두웠고, 폭우는 거세게 내리는 중이었으며, 가끔씩 천둥 번개가 내리치고 있었다. 지금 그들이 머물고 있는 강기슭의 위치가 어디인지 전혀 알 수가 없었다.

"어쨌든 마을을 찾아보자고. 고독을 빼내는 건 이렇게 간단한 일이 아니니 말일세."

당운보가 자리에서 일어나며 말했다.

"비록 석정이 곁에 있다고는 하지만, 그래도 최소한 반나절은 걸릴 테니 그동안 다른 사람들은 비라도 그어야 하지 않겠나?"

그는 문득 다정한 눈빛으로 빙혼마고를 돌아보며 한마디 덧붙였다.

"나는 지금 당신이 행여 고뿔이라도 걸릴까 봐서 걱정이오."

"어머나. 다정도 하셔라."

빙혼마고가 방긋 웃는 가운데, 화군악은 진짜 고뿔이라도 걸린 것처럼 몸을 부르르 떨어야 했다.

2. 수양아들

안 그래도 시간이 흐르면서 한기(寒氣)가 뼛속까지 스며들던 참이었다. 화군악 일행은 서둘러 강기슭을 떠나 마을을 찾았다.

하지만 산등성이 하나를 넘을 때까지 마을은커녕 인가조차 보이지 않았다. 주변은 칠흑처럼 어두웠고 여전히 거센 폭우는 그칠 기미가 보이지 않았다.

진짜 이러다가 길을 잃고 산속에서 며칠을 보낼 수도 있겠다 싶은 순간, 거짓말처럼 조그만 규모의 마을이 시야에 들어왔다.

화군악들은 발길을 재촉하여 마을로 들어섰다.

산을 끼고 만들어진 마을은, 아무리 조그만 마을이라 하더라도 산을 오르거나 내려오는 이들이 하룻밤 묵어갈 수 있는 객잔이 반드시 있기 마련이었다. 화군악 일행이 찾은 이 마을에도 그러한 용도로 세워진 객잔이 있었다.

그러나 하루 종일 세차게 쏟아지는 폭우로 산을 오갈 수 없게 된 이들로 가득 찬 그 조그맣고 허름한 객잔에는 빈방이 없었다.

결국 화군악은 욕심 많아 보이는 주인장에게 열 냥짜리 은원보 하나를 통째로 건넸고, 그제야 겨우 창고 겸 점소이의 거처로 사용하는 방 한 칸을 얻어 낼 수 있었다.

"정말 비좁구나."

방에 들어서자마자 당운보가 무심코 중얼거렸다. 석정과 마천이 빠른 어조로 말했다.

"저희는 따로 밖에 머물겠습니다."

"밖에 어디?"

"그런 건 걱정하지 않으셔도 됩니다. 처마 밑에서도 코를 드르렁 골며 잠잘 수 있으니까요."

석정이 씨익 웃고는 부리나케 방을 빠져나갔다. 마천이 소곤거리듯 말했다.

"아무래도 화 공자께 피해를 준 게 마음에 걸리나 봅니다."

화군악이 머쓱한 표정을 지으며 대꾸했다.

"그거야 어디 석 형님의 잘못인가? 바보처럼 잊어 먹고 제대로 해독약을 미리 먹지 않은 내 잘못인데 말이야."

사실 석정이 불완전한 독인이 된 후로 주변 사람들은 반드시 해독약을 미리 챙겨 먹어야 했다. 아직 석정은 자신의 독성을 스스로 제어할 줄 몰랐으며 그로 인해 예기치 않은, 의도치 않은 불상사가 언제든지 일어날 수 있었으니까.

하지만 이날 아침 화군악은 당운보와의 사소한 충돌로 인해 식사를 마치자마자 선실을 빠져나갔고, 그 바람에 미처 해독약을 챙겨 먹지 못했던 것이었다.

그러니 잘못은 어디까지나 화군악에게 있었다. 지금처럼 석정이 무안한 표정을 지으며 서둘러 방을 빠져나갈 필요가 없는 것이었다.

마천은 화군악을 향해 씨익 웃으며 말했다.

"나중에 따로 석 형님에게 그리 말씀해 주세요."

소년 마천은 마치 능구렁이처럼 웃고는 곧바로 방을 빠져나갔다.

이제 방 안에는 당운보와 화군악, 빙혼마고와 야래향만이 남게 되었다. 한동안 어색한 침묵이 맴돌았다.

그 침묵을 깬 이는 다름 아닌 당운보였다.

"미안하네."

그는 화군악을 향해 진심으로 사과했다.

"내 나잇값도 못하고 괜히 자네에게 심통을 부렸네. 솔직히 말하자면 나보다도 더 마고에 대해서 잘 아는 것 같아서 자네가 부러웠다네. 그래서 괜한 억지를 부린 것이네. 사과하겠네."

"어머나? 그래서였어요?"

빙혼마고가 깜짝 놀라며 물었다. 당운보가 헛기침을 하며 말했다.

"어쨌든 아내에 대해서 가장 잘 알고 많이 아는 사람이 나였으면 싶은 게 일반적인 남편들일 테니까 말이오."

"어머, 어머."

빙혼마고는 놀라고 당황하고 기쁜 나머지 제대로 말을 잇지 못했다.

"하기야 남편들이 다 그런 법이죠."

화군악이 웃으며 고개를 끄덕였다.

"저도 제 마누라에 대해서는 누구보다 제가 가장 많이 알고, 또 잘 알고 있기를 바라니까요. 어쨌든 죄송합니다. 저도 마고를 당 숙부께 빼앗긴 것만 같아서 조금 화가 났던 참이었으니까요."

"어머나, 너도 그랬니?"

"물론 당연히 축하하고 축복할 일이기는 하지만 뭐랄까요, 어머니에게 새 남편이 생긴 그런 기분이라고나 할까요? 뭐, 그래서 저도 조금 심술을 부렸습니다. 죄송합니다."

"어머, 어머."

"허어, 자네도 그런 마음이었군그래."

당운보는 잠시 화군악을 바라보다가 덥썩 그의 두 손을 잡으며 말을 이었다.

"이왕 그리 생각한다면 나를 새아버지라고 여겨도 좋네. 내 자네의 친부는 아니지만 친부 이상으로 자네를 아낄 터이니."

화군악의 표정이 기괴하게 변했다.

사실 그는 자신의 친부가 누구인지 알지 못했다. 생각이라는 걸 할 수 있을 때부터 그는 혼자였으니까. 시장통에 버려져 홀로 살아남은 그에게는 애당초 친부가 존재하지 않았으니까.

그나마 야래향을 만나고 또 빙혼마고를 알게 되면서 그녀들로부터 친모에게 받지 못했던 사랑과 애정을 느낄 수 있게 되었지만, 여전히 화군악은 아버지의 사랑이라는 게 무엇인지는 전혀 알지 못했다.

어쩌면 그래서였을지도 모른다. 자신의 딸 소군을 대하는 그의 행동이나 말투가 어딘지 모르고 어색하고 정감이 가지 않았던 이유가 거기에 있었는지 모른다.

그런데 느닷없이 당운보가 친부를 대신하여 부친처럼

자신을 대하겠다고 말하는 것이었다.

화군악은 도대체 어떤 표정을 지어야 할지 알 수가 없었다. 웃어야 할지 울어야 할지 기뻐해야 할지 쑥스러워해야 할지 도저히 알 수 없었다.

즉, 지금 화군악의 얼굴에 떠오른 기괴한 표정은 그 모든 감정이 한데 뒤섞이고 헝클어져서 만들어진 형상이었다.

반면 당운보는 조금 전 화군악이 했던 말이 상당히 그의 감정을 자극한 듯, 여전히 그의 손을 꽉 쥔 채 뜨거운 목소리로 거듭 말했다.

"마고도 늘 자네를 아들처럼 생각했다네. 자네들 다섯 의형제 중에서 가장 마음이 가고, 정이 가는 사람이 바로 자네라고 했다네. 말썽 많지만, 그래서 늘 개울가에 내놓은 갓난아기 보듯 가슴 조마조마하게 만들지만, 그래도 가장 살갑고 친근하고 정이 넘치는 이가 자네라고 했네."

당운보가 내심 화군악을 질투했던 이유가 바로 그것이기도 했다.

물론 빙혼마고야 화군악을 아들처럼 생각해서, 아들처럼 사랑해서 하는 소리였겠지만, 반대로 당운보의 입장에서는 그게 하나의 남자를 대하는 것처럼 느껴져서 서운하고 화가 났을 수도 있었다.

거기까지 단숨에 말한 당운보는 불쑥 화군악에게 느닷

없는 제안을 건넸다.

"그러니 아예 이참에 자네, 우리들의 수양아들이 되는 건 어떻겠나?"

"네?"

화군악의 눈이 휘둥그레졌다.

자신을 향한 두 사내의 애정 공세에 연신 감탄하고 기뻐하며 행복해하던 빙혼마고도 화들짝 놀랐다.

"군악을 우리 수양아들로요?"

남 이야기 듣듯 조금 멀찍이 떨어져 앉은 채 무심한 표정을 짓고 있던 야래향의 얼굴빛도 달라졌다.

실로 느닷없는, 뜻밖의, 엉뚱하기 그지없는 제안이었다. 아침나절까지만 하더라도 화군악의 모든 게 마음에 들지 않는 것만 같던 당운보가 아니었던가. 그런데 이렇게나 갑자기 수양아들을 제안하다니.

그러나 정작 당운보는 더더욱 뜨거운 열정이 담긴 눈빛으로 화군악을 바라보며 말했다.

"솔직히 말하자면 내자나 나나 우리들 나이가 있다 보니 당연히 아들을 포기하고 있었네. 그저 우리끼리 오손도손 행복하게 살다 죽을 생각이었지."

입을 벌린 채 듣고 있던 빙혼마고의 입이 천천히 다물어졌다. 그녀의 눈빛이 촉촉하게 젖어 드는 가운데 당운보의 말은 계속해서 이어졌다.

"물론 그것만으로도 충분히 행복하다고, 행복한 삶이라고 할 수 있을 것이네. 하지만 자네가 우리의 수양아들이 된다면 그야말로 행복이 배가될 것이야. 늘그막에 아들까지 생긴다면, 물론 여전히 말썽꾸러기에다가 사고뭉치에다가 어디로 튈지 몰라서 매번 가슴 졸여야 하는 아들이겠지만, 그래도 나는 자네가 얼마나 따듯하고 착한 심성을 지녔는지 알고 있으니까. 자네의 속정이 얼마나 깊은지도 잘 알고 있으니까. 그런 아들이 있다면 얼마나 행복하겠는가?"

당운부는 문득 빙긋 웃으며 말을 덧붙였다.

"물론 우리 죽은 다음에 묫자리에 찾아와 술 한 잔 올릴 수 있는 아들이 있다는 것만으로도 그런 사소한 것들은 충분히 상쇄하고 남을 테니까."

화군악이 입을 삐죽였다.

"가만 듣고 있자니 정말 못된 아들이네요."

"허허허. 괜찮네. 그런 못된 아들이라고 하더라도 우리 아들이니까."

화군악은 잠시 당운보의 눈을 직시했다. 그가 진심으로 원해서 하는 말인지, 아니면 순간의 흥분과 감정에 격해져서 하는 말인지 가늠하려는 것이었다.

그렇게 당운보의 눈을 바라보던 화군악은 다시 빙혼마고를 돌아보았다. 그는 눈가가 촉촉하게 젖은 그녀를 바라보다가 이번에는 야래향에게 시선을 돌렸다.

야래향이 미미하게 고개를 끄덕였다. 화군악도 알게 모르게 고개를 끄덕였다.

그렇게 세 사람의 얼굴과 표정과 눈빛을 바라본 후 화군악은 자리에서 일어났다. 그러고는 당운보와 빙혼마고를 향해 진지하게 말했다.

"아시겠지만 저는 천하의 악동(惡童)입니다. 과거 소독아라는 악독한 별명으로 불리기도 하였고, 온갖 나쁜 짓은 물론 거짓말도 밥 먹듯 하는 망나니입니다."

빙혼마고야 익히 잘 알고 있다는 얼굴이었다. 반면 당운보는 뜨끔한 표정을 지었지만 얼른 표정을 바꿔 진지하고 엄숙한 얼굴로 말했다.

"상관없네. 과거 자네의 행실이야 살아남기 위한 발버둥이었던 게고…… 또 현재 자네의 행동은 오로지 오대가문과 종리군을 상대하기 위해서이니까."

화군악은 다시 입을 열었다.

"말씀은 고맙습니다만 어쩌면 그 모든 게 제 타고난 성격일지도 모릅니다. 그러니 오대가문과 종리군을 쓰러뜨린 후에도 지금과 전혀 달라지지 않을지도 모릅니다. 만약 그 부분까지 이해하시고 받아들이시겠다면 앞으로 남은 세월 두 분을 아버님, 어머님으로 모시겠습니다."

빙혼마고가 활짝 웃으며 입을 열려다가 문득 고개를 돌

려 남편을 돌아보았다. 당운보는 잠시 생각하다가 천천히 입을 열었다.
"아니, 받아들이지 않을 것이네."
일순 빙혼마고의 얼굴빛이 달라졌다. 화군악도 굳은 표정을 지었다. 당운보는 엄숙한 눈빛으로 화군악을 쳐다보며 계속해서 말을 이었다.
"자식의 잘못은 부모 탓이네. 오대가문과 종리군을 정리한 이후에도 자네의 그 악행이 이어진다면, 그건 부모가 된 도리로 반드시 고쳐 줘야 할 일인 게지. 따끔하게 이야기를 하고 훈계하고 혼을 내겠네. 말을 듣지 않으면 회초리도 들겠네. 타고난 성격이란 건 결국 가르침에 따라서 얼마든지 바뀔 수 있다고 생각하니까."
거기까지 말한 당운보는 목이 마른 듯 차를 찾았다. 하지만 이 객잔의 점소이들은 뭐가 그리 바쁜지, 아니면 이 창고 방 손님들을 손님으로 생각도 하지 않는 건지 아직도 차를 대령하지 않았다.
결국 입을 적시지 못한 당운보는 가볍게 헛기침을 한 후 재차 말을 이어 나갔다.
"하지만 그래도 우리는 자네를 아들이라 생각할 걸세. 누가 뭐라고 하더라도 우리는 끝까지 자네를 아들이라 여기고 보호하고 감쌀 걸세. 우리는 결코 자네를 내버리지 않을 걸세. 설령 끝까지 자네의 타고난 성격을 고치지 못하는 한이 있더라도 말일세."

"휴우."

그제야 마음을 졸이며 듣고 있던 빙혼마고가 안도의 한숨을 내쉬고는 고개를 끄덕였다.

"나도 마찬가지란다. 우화 언니만 널 아들로 생각하는 게 아니라는 건 너도 잘 알고 있지?"

갑작스러운 언급에 야래향이 가볍게 눈살을 찌푸렸다. 화군악은 잠시 고민하듯 서 있다가 천천히 그 자리에 무릎을 꿇고 절하며 말했다.

"화군악이 삼가 아버님, 어머님께 인사드립니다."

화군악의 절을 받는 빙혼마고의 눈가에 눈물이 글썽거렸다. 당운보 또한 감개무량한 듯 눈을 가늘게 뜨고 화군악의 절을 지켜보았다.

그게 화(禍)가 될지 길(吉)이 될지 복(福)이 될지 해(害)가 될지는 아무도 모르는 일이었지만, 어쨌든 뜻하지 않게 새로운 인연 하나가 맺어지는 순간이었다.

3. 석정과 고독

잠시 후 방으로 불려 온 석정과 마천은 화군악이 당운보와 빙혼마고의 수양아들이 되었다는 말에 깜짝 놀라야만 했다.

 도대체 불과 한 식경도 되지 않은 시간 동안 이 방 안에서 무슨 일이 있었던 것일까.

 물론 석정은 더할 나위 없이 기뻐하고 축하했다. 그는 화군악을 좋아했고, 또 당운보를 존경했다. 그런 두 사람이 양부(養父)와 양자(養子)의 관계가 된다는데 당연히 축하해 주는 게 마땅했다.

 반면 마천은 축하한다는 말과는 달리, 의구심 가득 찬 눈빛으로 화군악을 바라보았다. 여전히 화군악을 믿지 못하겠다는 눈초리였다.

 어쩌면 당연한 일이었다. 마천이 아는 한 화군악은 제멋대로 행동하고 살아가는 마도(魔道)의 인물이었으니까.

 '역시 세상 물정 모르는 당 어르신은 끝까지 내가 지킬 수밖에.'

 마천은 내심 한숨을 내쉬며 그렇게 결심했다.

 객잔 측에서 준비한 늦은 식사를 마친 그들은 곧 화군악의 몸속에 잠입한 고독을 빼내는 작업에 들어갔다.

 화군악과 마주 앉은 석정은 손바닥을 펼쳐 화군악의 배꼽 언저리에 밀착하고, 다른 한 손으로는 그의 맥문을 쥔 채 자신의 독기를 화군악의 몸속으로 밀어 넣었다.

석정의 독기가 기맥을 타고 제 몸속으로 들어오는 순간 화군악은 저도 모르게 얼굴을 찡그려야만 했다. 마치 기맥 속으로 끝이 날카롭고 커다란 바늘을 찌른 듯한 통증이 일었던 까닭이었다.

 당운보는 그들 곁에 선 채 신중하고 진지한 표정으로 계속해서 석정에게 지시를 내렸다.

 "성급하게 기를 움직여서는 안 되네. 조금씩, 군악의 몸이 자네의 독기(毒氣)에 적응할 수 있도록 아주 천천히 조금씩 흘려보내야 할 것이야."

 석정도 긴장을 늦추지 않은 채 당운부의 지시에 따라 독기를 운용했다.

 그렇게 화군악의 몸으로 스며든 독기는 기맥을 따라 천천히 이동하면서 고독을 향해 접근했다.

 화군악이 내력을 끌어올린 채 고동의 움직임을 제한하고 있는 동안, 석정은 자신의 독기를 이용하여 고독을 옭아맨 다음, 그 움직임의 방향을 정반대로 틀어서 화군악의 몸 밖으로 빠져나가게 할 작정이었다. 그게 당운보의 생각이었다.

 물론 고독은 독물(毒物)이었고, 석정은 세상 모든 독과 독물을 자유자재로 다룰 수 있는 독인(毒人)이었다. 이론상 보자면 석정은 얼마든지 고독을 제어하고 조종할 수 있었다.

그러나 현실은 달랐다.

 고독은 평범한 독물이 아니었다. 분명히 살아 있되, 자유 의지로 살아가는 독물이 아니었다. 그런 까닭에 그 독물의 의지를 제어하고 조종하는 식으로 화군악의 몸 밖으로 빼낼 수가 없었다.

 지금 화군악의 몸속에 있는 고독은 독립된 개체의 독물이 아니었다. 모고(母蠱)의 지시와 조종을 받는 자고(子蠱)였고, 자고는 모고의 또 다른 명령이 없는 한 기존의 지시에 따라 움직일 따름이었다.

 화군악의 막대하고 강력한 내력에 포위당한 채 그 자리에서 꼼짝하지 못하고 있던 고독이었으나, 그렇다고 해서 그의 뇌리로 파고들라는 모고의 명령을 잊은 건 아니었다.

 이윽고 석정의 독기가 고독에게 접근하여 마치 거미줄처럼 꽁꽁 옭아매려 했을 때, 고독은 미친 듯이 발광하기 시작했다.

 '으윽.'

 화군악의 얼굴이 추하게 일그러졌다.

 지금껏 겪어 보지 못했던 격통이 그의 몸 깊은 곳에서 폭발하듯 일어났던 까닭이었다.

 화군악은 지금껏 적과 싸우다가 칼에 베이기도 하고 검에 찔리기도 했다. 살이 갈라지고 뼈가 드러나는 중상을 입기도 하였다.

그러나 그 당시 느꼈던 수많은 고통은 지금의 고통에 비하자면 어린아이 장난 수준에 불과했다.

뭐랄까, 입술 양쪽을 한꺼번에 잡아당겨서 얼굴 피부를 그대로 뒤집어 뜯어내는 듯한 격통이라고나 할까.

피부 안쪽으로 들어온 수백만 마리의 개미와 벌들이 한꺼번에 화군악의 살과 근육과 뼈를 깨무는 듯한 통증이라고나 할까.

화군악은 자신의 신음이 밖으로 새어 나오지 못하도록 이를 악물며 버텼다. 뿌드득, 이가 갈리는 소리가 조용한 방 안에 울려 퍼졌다.

당운보는 심각한 표정으로 화군악의 상태를 확인하는 동시에 석정을 향해 계속해서 지시했다.

"억지로 끌어당기려고 하면 반발만 심해질 뿐이다. 달래듯이, 어루만지듯이, 부드럽고 다정하게 고독의 길을 인도해 주는 것이다. 지금 네가 가고자 하는 방향이 틀렸다면서 새로운 길을 알려 주는 것이다."

석정도 식은땀을 뻘뻘 흘리고 있었다.

그는 자신의 독기가 얼마나 지독하고 잔악한지 그 누구보다도 잘 알고 있었다. 사천당문에 있을 적에도 그가 뿜어내는 독기에 혼절하거나 중독된 이들이 얼마나 많았던가.

지금 그 독기가 화군악의 기맥을 점령하고 있었다.

비록 당운보의 해독약을 미리 복용한 상태라고는 하지만 어디까지나 그건 임시방편에 불과했다. 석정의 독기가 화군악의 기맥에 머무는 시간이 길어지면 길어질수록 화군악에게는 돌이킬 수 없는 불상사가 벌어질 게 분명했다.

그래서 최대한 세심하고 느긋하고 평온하고 조심스럽게 고독을 제어하는 한편, 최대한 빠르고 무사히 고독을 화군악의 몸 밖으로 빼내야 했다.

그런 모순적인 작업만으로도 석정은 큰 부담을 느끼고 있었는데, 정작 포획한 고독이 그의 뜻대로 움직이지 않고 있었다. 아니, 고독은 외려 미친 듯이 몸을 비틀고 뒤집고 몸부림치면서 반항하고 있었다.

당연히 석정의 전신은 검은 땀으로 흥건하게 젖어 들었다. 마천은 약물이 배합된 천으로 연신 석정의 땀을 닦아 주었다. 이내 천은 새까맣게 물들었다.

빙혼마고는 사슴 가죽으로 만든 장갑을 착용한 채 그 검게 물든 천을 약수통(藥水桶)에 집어넣고 세척하기를 반복하고 있었다.

"모고의 품처럼 아늑하게 느끼도록 만들어야 한다. 그러기 위해서는 독기의 파장과 고독의 파장이 하나가 되어야 하는 게지. 고독이 어떻게 움직이는지, 어떤 식으로

이독제독(以毒制毒) 〈275〉

파장을 일으키는지 주의 깊게 지켜본 후 그 움직임과 파장에 맞춰서 자네의 독기를 그에 맞춰야 하네."

여전히 당운보의 진중한 목소리가 석정의 정수리를 향해 쏟아져 내렸다. 석정은 호흡을 놓지 않고 정신을 하나로 모은 채 자신의 독기에 휘감긴 고독의 움직임과 그 파동(波動)에 집중했다.

얼마나 시간이 흘렀을까.

화군악이 질끈 깨문 입술에서 피가 줄줄 흘러나오고 있었다. 새파랗게 질렸던 그의 얼굴이 이제는 새까맣게 변하는 중이었다.

그러던 한순간, 끝없이 발광할 것만 같았던 고독이 석정의 독기에 반응하는가 싶더니 이내 온순한 강아지처럼 자신의 모든 것을 그의 독기에 맡겼다.

그렇게 발광을 멈추고 한없이 온순해진 고독은 마치 석정의 독기를 어미의 탯줄처럼, 혹은 손길처럼 느끼듯 석정의 인도를 따라 방향을 바꿔 천천히 이동하기 시작했다.

숨이 막힐 것만 침묵이 이어졌다. 방 안의 공기는 한껏 무거워진 채 사람들의 어깨를 짓누르고 있었다.

석정은 조심스럽게 기맥을 따라 자신의 독기를 회수했다. 고독은 그 독기에 반응하여 천천히 꿈틀거리며 움직였고, 그렇게 오랜 시간이 지난 후 마침내 고독은 화군악의 배꼽을 통해 그의 몸 밖으로 기어 나왔다.

석정은 그 움직임을 포착하자마자 재빨리 손을 움켜쥐며 화군악의 배꼽에서 손을 뗐다. 꽉 움켜쥔 손바닥 안쪽에서 무언가 꿈틀거리는 기척이 느껴졌다.

"잡았습니다!"

석정은 저도 모르게 크게 소리쳤다.

간절한 눈빛으로 지켜보고 있던 야래향이 그제야 길게 한숨을 내쉬며 눈물 한 방울을 흘렸다. 사슴 가죽으로 만든 장갑을 착용한 채 연신 검은 천을 빨고 있던 빙혼마고도 가볍게 탄식하며 손을 놓았다.

석정의 땀을 닦고 있던 마천도 그 손놀림을 멈추지 않은 채 길게 숨을 내쉬었다. 전전긍긍한 표정을 짓고 있던 당운보는 그제야 긴장이 풀렸는지 크게 휘청거리며 털썩, 차탁에 주저앉았다.

석정은 조심스럽게 손바닥을 펼쳤다.

그의 손바닥 한가운데에는 구더기처럼 생긴, 하지만 구더기보다는 열 배는 족히 작아 보이는, 그래서 제대로 눈을 크게 뜨고 똑바로 바라보지 않으면 그게 벌레인지 먼지인지 실 가닥인지 절대 알 수 없어 보이는 그런 독물 하나가 꼼지락거리고 있었다.

"이게 고독이라는 놈이군요."

석정은 긴장 풀린 목소리로 중얼거렸다.

오랜 시간 동안 서로 다투고 싸우고 어르고 달래고 쓰다듬고 하기를 반복해서였을까. 석정은 마치 한없이 귀여운 강아지나 고양이를 보는 듯한 눈빛으로 고독을 내려다보고 있었다.

그러는 동안 정신을 차린 당운보는 재빨리 화군악의 맥문을 짚고 그의 상태를 확인했다. 동시에 해독약 다섯 알을 꺼내 화군악에게 건넸다.

화군악은 부들부들 떨리는 손으로 겨우 해독약을 받아들고는 힘겹게 입을 벌려 약을 삼켰다. 지켜보고 있던 야래향이 얼른 찻잔을 건넸다. 화군악은 찻물도 삼키기 힘들다는 표정을 지은 채 겨우 약들을 삼킬 수 있었다.

"천만다행이다. 중독은 된 것 같지 않아 보인다. 석정의 독기는 물론 고독의 독기도 대부분 남아 있지 않은 것 같구나. 하지만 혹시 모르니 앞으로 열흘 동안은 내가 주는 이 해독약들을 꼭 복용해야 한다."

당운보의 엄중한 말에 화군악은 대답할 힘도 없는 듯 천천히 고개를 끄덕였다. 당운보는 안도의 한숨을 내쉰 후 석정을 돌아보며 입을 열었다.

"뭘 하고 있는 게냐? 고독을 죽이지 않고."

일순 석정은 살짝 망설였다.

"제가 키우면 안 될까요?"

당운보는 어이가 없다는 표정으로 석정을 바라보았다.

하지만 석정의 그 간절한 눈빛에 당운보는 저도 모르게 한숨을 내쉬고는 부드러운 어조로 말했다.

"어차피 모고의 명령을 제대로 수행하지 못한 채 피술자(被術者)의 몸에서 빠져나온 놈이다. 아무리 애정을 가지고 키우려고 할지라도 하루를 버티지 못하는 게 그 고독의 운명인 게다. 그러니 더 정이 붙기 전에 지금 당장 죽이는 게 석정 너를 위해서나, 그리고 그 고독을 위해서나 좋은 일이야."

석정은 떨리는 눈빛으로 고독을 내려다보다가 어쩔 수 없다는 듯이 길게 한숨을 내쉬었다. 그러고는 이를 잡아 죽이듯 손톱 끝으로 눌러 터뜨렸다.

순간 핏! 하는 소리와 함께 고독의 몸이 터지더니 눈물 한 방울 정도 되는 검은 액체가 석정의 손바닥을 적셨다. 석정은 가만히 그 액체를 지켜보다가 혀를 내밀어 핥았다.

고독의 산산이 터진 사체(死體)와 검은 액체는 고스란히 석정의 입을 통해 몸속으로 스며들었다. 고독이 온전하게 석정의 것이 되는 순간이었다.

* * *

"자고가 죽었습니다."

"확실한가?"

"확실합니다. 이 애끓는 고통과 애절한 감정은 확실히 자고가 죽었다는 신호입니다."

"으음."

자고가 죽는 건 오직 두 가지 경우뿐이었다. 모고의 명령을 제대로 수행한 후, 혹은 임무에 실패하고 피술자의 몸 밖으로 배출되었을 경우.

과연 어느 쪽일까.

화군악의 몸속에 주입했던 자고는 두 가지 경우 중 어느 죽음을 맞이한 것일까.

"그자의 막강한 내공을 생각하자면 벌써 그의 뇌리를 제어하지는 못했을 터, 아무래도 이번 일은 실패한 모양이다."

그녀의 추론은 타당했다.

화군악의 내공이라면 충분히 한 달 이상 자고의 움직임을 방해할 수 있었다. 그런데 이틀도 채 지나지 않아서 자고가 죽었다는 건 역시 그 임무를 완수하지 못한 게 분명했다.

"그럼 이제 어떡할까요?"

"총사의 은총으로 찾은 봉황금시를 잃은 몸이다. 호위장의 권유대로 총사에게 되돌아가는 건 있을 수 없는 일이다. 역시 이대로 묘강에 가서, 그 외골수 고집쟁이 늙은이들을 설득하고 회유할 수밖에 없다. 봉황금시 같은 과거의 유물에 집착하는 것보다 현실적으로 손에 쥘 수 있는 이득이 훨씬 많다는 걸 직접 보여 줄 수밖에."

독희의 말에 살아남은 독녀들은 모두 고개를 숙였다. 언제나처럼 그녀들은 독희의 말에 충실할 따름이었다.

조금 떨어진 곳에서 그녀들을 지켜보던 한 여인이 길게 한숨을 내쉬며 속으로 투덜거렸다.

'쳇. 결국 묘강까지 가야 하는군.'

콰르릉!

저 먼 곳에서 천둥이 울려 퍼졌다. 여전히 폭우는 거침 없이 쏟아지고 있었다.

10장.
전면전(全面戰)

물론 그건 도박이었다.
형산파 사람들이 은자 백만 냥 때문에
무림오적과 함께 오대가문과 태극천맹을 상대로
싸우려 들 가능성은 사실상 없었으니까.

전면전(全面戰)

1. 맹주 정문하

 백팔원로의 노기인들과 백도정파의 명숙들, 그리고 무림십왕 중 일곱 명의 절대고수가 몰살당했다는 비보가 태극감찰밀의 정보망을 통해서 맹주 정문하에게 전해진 건 그 사건이 발생한 지 약 보름이 지나서의 일이었다.
 극비(極祕)라는 인장이 찍힌 보고서를 읽은 후 정문하는 그날 하루 동안 모든 업무를 물리고 칩거한 채 홀로 시간을 보냈다.

 〈상략(上略).
 −확인해 본 결과, 성도부와 무천산 전투에서 살아남은

아군은 단 한 명도 없었습니다.

 반면 적은 공적십이마의 유령신마 갈천노, 무상검마 척전광, 혈천노군 한백겸, 그리고 황계의 십이백야와 황백을 위시한 고수 백여 명이 목숨을 잃었습니다.

 무림오적 중 죽은 이는 단 한 명도 없는 것으로 확인되었습니다. 그리고 지금 무림오적은…….

 하략(下略).〉

 보고서에 적힌 내용은 몇 번을 되씹어 봐도 충격적이었다. 백팔원로가 몰살당하다니, 동행했던 무림십왕이 전멸하다니, 도저히 있을 수 없는 일이 벌어진 것이었다.

 성도부에서 공적십이마의 세 마두와 싸울 때만 하더라도 건재했던 무림십왕이었다. 그런데 무천산 전투 끝에 단 한 명도 살아남지 못했다. 도대체 무천산에서 무슨 일이 벌어졌단 말인가.

 정문하가 받아 든 보고서는 이른바 속보(速報)와 같았다. 제대로 진상을 파악하여 그곳에서 무슨 일이 어떻게 발생했는지부터 그 과정과 결과까지 정확하게 파악한 보고는 최소한 한 달 후에나 정문하의 책상에 올라올 터였다.

 그렇다고 제대로 된 보고서가 올라올 때까지 마냥 시간을 허투루 보낼 수는 없는 노릇이었다. 어쨌든 올해, 그것도 얼마 가지 않아서 태극천맹은 새 맹주를 선출해야만 했으니까.

정문하는 이대로 맹주 자리에서 내려올 생각이 없었다. 애당초 태극천맹의 이대(二代) 맹주로 선출되었을 때부터 그는 종신(終身) 맹주를 꿈꿨으니까.

그가 굳이 강만리와 만나서 저 황궁 역모 사건의 배후에 대한 조사와 오대가문과 경천회와의 결탁 여부에 관한 조사를 청부한 건 바로 그 때문이었다.

태극천맹의 실질적인 주인이라 할 수 있는 오대가문을 몰락시킨 다음, 모든 태극천맹의 모든 권력을 맹주에게 집중하게 만들고자 하는 계획의 일부분이었다.

정문하는 결코 태극천맹의 괴멸을 원하지 않았다.

당연한 일이었다. 태극천맹의 종신 맹주가 되어 천하에 군림하는 게 그의 목적이었으니까.

그러나 그 강만리의 무림오적이 이렇게나 거물(巨物)이 될 줄은 정문하조차 상상하지 못했다. 지금의 무림오적은 겨우 다섯 명의 힘으로 오대가문과 태극천맹을 상대로 싸울 정도로 거대해진 것이었다.

사실 정문하가, 비선의 선주인 천소유가 백팔원로와 무림십왕을 소집해 달라고 한 요청을 거부하지 않았던 건 바로 그 위기감의 발로(發露)였다.

이대로 가다가는 강만리의 무림오적에 의해 오대가문

은 물론, 심지어 태극천맹까지 무너질지 모른다는 위기감.

그래서 백팔원로를 소집하고 무림십왕에게 부탁하여 저 머나먼 성도부까지 원정(遠征)을 보냈던 게다. 이 정도에서 강만리와의 인연을 정리하고 무림오적을 무너뜨리는 것이 훨씬 더 이득이라고 생각하면서.

그런데 그렇게 보낸 백팔원로와 무림십왕, 그리고 그들과 합류했던 정파의 노기인들과 심지어 비선의 사자들까지 단 한 명도 남지 않고 몰살했으니, 태산이 무너지고 천하가 물에 잠기는 것보다도 더 강렬한 충격으로 정문하에게 다가왔다.

겨우 하루 정도 칩거한 건, 외려 그만큼 정문하의 정신력이 강인하다는 방증이라 할 수 있었다.

"골치 아프게 되었다."

정문하는 길게 한숨을 내쉬며 혼잣말을 중얼거렸다.

"이 사실을 알게 되면 다들 외려 호재라고 생각하고 나를 공격해 올 텐데."

태극천맹의 일반 무사들에게 있어서 정문하의 인망은 매우 높은 편이었다.

하지만 모든 구성원이 정문하를 존경하고 따르는 건 아니었다.

태극천맹은 수백의 문파 사람들이 모인 결집체였고, 그

수백의 문파는 다시 수십 개의 계파로 모이고, 그 계파는 다시 십여 개의 파벌로 응집되어 있었다.

그중에서 정문하를 적극적으로 지지하는 파벌은 불과 서너 곳에 지나지 않았으며, 당장 내일모레 투표를 통해 차기 맹주를 선출한다고 했을 때 절대로 낙관할 수 없는 이유가 바로 그 부분이었다.

나머지 파벌은 각각의 욕망과 이익과 이유 등을 들어서 서로 다른 자들을 후원하고 있었다.

그렇게 패가 나눠진 까닭에 현재로서는 정문하가 가장 우세하다고 할 수 있었지만, 정치라는 건 물결과 같았다. 언제 또 이합집산(離合集散)이 일어나 두어 개의 거대한 파벌이 구성될지는 아무도 모르는 일이었다.

그리고 그런 거대한 파벌이 구성된다면, 그때야말로 정문하의 원대한 꿈은 사상누각(沙上樓閣)처럼 허물어질 게 분명했다.

정문하는 아쉽게도 구파일방을 비롯한 거대 문파나 명문 세가의 사람이 아니었다. 물론 그게 일반 하급 무사들의 존경을 받는 부분이기도 하거니와 오대가문이 적극적으로 정문하를 이대 맹주로 밀어준 이유이기도 했다.

하지만 거대 파벌이 구성되어 명문 정파가 하나로 뭉친다면 아무리 정문하가 현 맹주라 할지라도 결국 그 위세와 자금력, 세력을 당해 낼 수가 없었다.

그런 상황에서 정문하의 승인을 받은 원정대가 몰살당했다는 비보가 알려지게 된다면, 그의 인기는 추락하게 될 것이고 정적(政敵)들은 더욱더 맹공을 퍼부을 터였다.

그나마 지금 상황에서는 태극천맹의 모든 정보를 손에 쥐고 있는 태극감찰밀의 밀주 무원환이 정문하 자신의 편이라는 사실에 감사해야만 할 따름이었다.

"하지만 또 태극감찰밀원들 역시 각자의 파벌을 가지고 있으니까."

언제 이 비보가 태극천맹 내부로 퍼질지는 알 수 없는 일이었다. 그러니 그런 상황이 발발하기 이전에 정문하는 적극적으로 선제 방어를 해야 했다.

최선의 방어는 공격이라고 했던가.

"결국 전면전을 선포해야 하나?"

정문하는 낮은 목소리로 중얼거렸다. 그렇게 중얼거리는 그의 표정은 꽤 심각해져 있었다.

그의 임기는 이제 한 달 정도도 채 남지 않았다. 많은 이들이 꽤 오래전부터 다른 파벌의 정적들에게 줄을 대고 있었다.

정문하가 갖고 있던 권력의 누수(漏水)는 차기 맹주 선출 시기가 다가오면서 더더욱 극심해지고 있었다.

이런 상황에서 전면전을 선포한다면, 과연 정적들이 가만 지켜보고 있을 리가 없었다. 또한 그의 명령에 따라 목숨을 걸고 싸우려 들 무사도 생각보다 많지 않을 수가 있었다.

가뜩이나, 여진의 백만대군과 싸우기 위해 집결한 무림인들과의 다툼과 충돌이 일 년 가까이 이어지는 동안, 정문하의 미적지근한 움직임에 불만을 토하는 하급 무사들이 점점 늘어나고 있던 실정이었다.

또한 이 년이 넘게 발동되어 있는 비상 경계령, 태극천계령(太極天戒令)으로 인해 태극천맹의 모든 이들의 심신은 극도로 쇠약하고 피로해진 상태였다.

이런 상황에서 만약 그의 명령에 따르지 않는 자들이 속출하게 된다면, 그래서 맹주의 권위가 바닥까지 추락하게 된다면, 그때는 정말 돌이킬 수가 없게 되는 것이었다.

그러니 전면전을 선포한다 치더라도 차기 맹주가 된 이후에나 하는 게 올바른 방법이었다.

"문제는 그때까지 버틸 수 없다는 게지."

정문하는 입술을 깨물었다.

"정유라고 했던가? 그 친구라도 지금 이 자리에 있었더라면……."

올 초, 정유는 정문하의 곁을 지키며 그를 보좌하라는 강만리의 밀명을 받고 북해빙궁을 떠나 태극천맹으로 돌아왔다.

전면전(全面戰) 〈291〉

하지만 맹주 정문하는 태극천맹으로 돌아온 정유에게 다시 새로운 명령을 하달하고는 그를 북해빙궁으로 돌려보냈다.

그 정유가 아직 이곳 태극천맹에 남아 있었다면 그를 통해 강만리를 암살하라는 명령을 내릴 수도 있었는데, 하는 아쉬움이 지금 정문하의 뇌리를 스치고 지나간 것이었다.

정유는 태극천맹과 맹주, 그리고 태극감찰밀주에게 절대적인 충성심을 보이고 있었다. 그러니 강만리를 암살하라는 명령을 내린다면, 며칠은 고민할지 모르되 결국에는 그 명령을 수행할 게 분명했다.

일이 꼬이려면 한없이 꼬이기 마련이었다. 만약 정문하가 지금의 이런 상황을 예견했더라면 결코 정유를 북해빙궁으로 되돌려 보내지 않았을 터였다.

"어쨌든……."

정문하는 크게 고개를 끄덕이며 자리에서 일어났다. 하루의 칩거를 끝내고 다시 집무실로 나서려는 것이었다.

이미 단단하게 마음을 굳힌 그였다. 두 번 다시 흔들리거나 물러설 생각이 없었다. 설령 지금껏 쌓아 올렸던 모든 게 순식간에 무너지는 한이 있더라도, 지금은 오로지 앞만 보며 밀고 나가야 했다.

"여기까지 온 것만 하더라도 장하다, 문하야."

정문하는 그렇게 중얼거리며 침소를 벗어났다.

 태극천맹의 이대 맹주 정문하가 무림오적과의 전면전을 선언한 건, 그의 임기가 한 달이 채 남지 않은 팔월 초순의 일이었다.

 2. 도박(賭博)

 태극천맹의 맹주가 무림오적과의 전면전을 선포하기 며칠 전, 성도부를 떠난 강만리 일행은 형산(衡山) 어귀 유하촌(流霞村)에서 하룻밤을 머물고 있었다.
 형산은 구파일방 중 하나이자 오대검파 중 하나로 유명했던 형산파(衡山派)의 본산(本山)이었다.
 육칠 년 전, 형산파는 장강수로연맹 중 하나였던 태평수채(太平水寨)와 시비가 붙어 그들을 괴멸코자 했다.
 하지만 외려 형산파는 태평수채와 장강수로연맹의 위세와 세력에 눌린 나머지 그들에게 먼저 사과하고 화해금을 보내는 것으로 상황을 마무리 지어야 했다.
 이후 형산파는 뭇 강호인들의 비웃음과 조롱을 받게 되었고, 이후 오대검파와 구파일방의 말석(末席)에서 제외되는 수모까지 겪어야 했다.

형산파는 당시 자신들을 외면했던 오대가문과 태극천맹에 크게 분노했다. 장강수로연맹이 태평수채를 위해 연맹에 소속된 절대고수들과 수천의 무사들을 보낸 것과는 달리, 오대가문과 태극천맹은 형산파의 요청에도 불구하고 단 한 명의 원군도 보내지 않았다.

 이후 형산파는 태극천맹에서 탈퇴하면서까지 자신들의 주장을 관철하려 했으나 외려 그게 악수(惡手)였다.

 오대가문과 태극천맹은 형산파 대신 신흥 세력이었던 형문파를 적극 지원하였고, 그리하여 불과 십 년도 지나지 않아 형산파는 세상에서 잊혀 가는 과거의 문파로 쇠락 중이었다.

 강만리 일행이 이곳 형산을 찾은 이유는 이 년 전에 있었던 담우천의 도박(賭博) 때문이었다.

 당시 담우천은 자금난에 처해 있던 형산파에게 한 사람당 일만 냥의 가격으로 형산파 상급 제자 백 명의 무력을 빌리는 조건으로, 최소 약 은자 백만 냥에 달하는 물품을 지원한 바가 있었다.

 오직 단 한 번, 담우천이 필요할 때 딱 한 번 그 백 명을 빌려 달라는 조건은 사실상 돈과 제자를 교환하자는, 형산파로서는 자존심과 긍지가 와르르 무너지는 제안이었다.

 하지만 형산파는 단번에 거절할 수가 없었다.

어쩔 수 없었다. 형산파의 금고는 텅 비어 있었고, 제자들은 거지꼴이 된 채 흙을 파고, 사냥하는 데 모든 시간을 할애하고 있었으니까.

옷을 입고 먹고 자기 위해서는 돈이 필요했다. 태평수채와의 싸움에서 패배한 이후 모든 자금줄이 끊긴 형산파에게 있어서 은자 백만 냥은 마냥 거절하기 힘든 액수였다.

그렇다고 돈 때문에 제자의 목숨을 판다는 수모는 차마 받아들일 수가 없었다. 그래서 형산파는 강도가 되어 담우천과 나찰염요를 기습해 보기도 하고, 또 백 명 대신 열 명으로, 열 명 대신 세 명으로 그 수를 줄이려고도 했다.

그때 담우천은 과감하게 아무런 대가 없이, 은자 백만 냥에 해당하는 물품들을 형산파에 기증하기로 했다. 자존심 강하고 체면을 중시하는 정파 사람들에게 은자 백만 냥이라는 은혜를 입혀서, 언제고 그 은혜를 갚을 수밖에 없게끔 유도하고자 한 까닭이었다.

물론 그건 도박이었다.

형산파 사람들이 은자 백만 냥 때문에 무림오적과 함께 오대가문과 태극천맹을 상대로 싸우려 들 가능성은 사실상 없었으니까.

아무리 오대가문과 태극천맹에 분노하고 그들을 증오

하고 있다 할지라도, 이란격석(以卵擊石)의 행동은 곧 형산파의 궤멸을 뜻한다는 사실을 너무나 잘 알고 있을 테니까.

어쨌든 그렇게 시간이 흘렀고, 강만리 일행은 이 년 전에 씨를 뿌려 두었던 그 도박이 과연 성공할지 실패할지 확인하기 위해 이곳 형산으로 발걸음을 옮긴 것이었다.

* * *

"지금쯤이면 이미 형산파에 연락이 갔을 거네. 이곳 유하객잔(流霞客棧)의 지배인이 형산파의 문지기라고 할 수 있으니까."

담우천은 빈 술잔을 내려놓으며 말했다. 그가 다시 잔을 채우는 모습을 지켜보면서 강만리가 입을 열었다.

"그래서, 형님께서는 그 도박이 성공할 거라고 생각하십니까?"

"글쎄."

담우천은 말을 끊고 술잔을 비웠다. 지켜보던 강만리도 입맛을 다시며 술을 마셨다.

형산의 물로 만든 술이었다. 형산대곡(衡山大曲)이라고, 칠 년 이상 숙성한 곡(曲:누룩)으로 만든 상당히 훌륭한 수준의 백주(白酒)였다.

형산대곡은 좋은 술이자 맛있는 술이었다. 도수(度數)가 높아 불을 붙이면 그대로 타오를 정도로 진한 술이었지만, 입안에 머금었을 때의 향기와 목구멍을 타고 내려갈 때의 부드러움은 말로 표현할 수가 없을 정도였다.

 백주의 향에는 크게 장향(醬香), 청향(淸香), 농향(濃香)이 있는데, 형산대곡의 향은 농향이었다. 향이 짙고 풍부하며 조화롭고 오래 지속되는 게 농향의 특색이었는데, 이 형산대곡의 향기가 바로 그러했다.

 하지만 워낙 독한 술이었다. 맛있다고, 부드럽다고 쉬지 않고 마시다가 그대로 기절하듯 쓰러지는 자들이 적지 않았다.

 그래서 흑점(黑店) 같은 곳에서는 수면제나 미혼약 대신 사용하여, 술에 취한 손님들의 품을 터는 건 물론이거니와 심지어 목숨까지 빼앗는 경우가 왕왕 있었다.

 담우천은 다시 빈 술잔에 술을 따르며 입을 열었다.

 "모든 도박이 다 그렇지 않겠나? 따거나 잃거나. 둘 중 하나이겠지."

 강만리가 고개를 끄덕이며 말을 받았다.

 "그러니까 아무래도 잃을 확률이 높다는 뜻이겠군요. 도박장에서 돈을 따고 일어서는 경우가 적다는 걸 생각해 보면 말입니다."

 "그럴지도."

전면전(全面戰) 〈297〉

"뭐, 상관없습니다. 어차피 그때와 지금의 상황은 크게 달라졌으니까요. 당시에는 형산파의 도움이 절실했지만 이미 구파일방과 신주오대세가와의 협력이 확실해진 이상, 굳이 그들에게 매달리지 않아도 괜찮습니다."

"그렇다면 굳이 형산에 들르지 않아도 되지 않았나?"

"뭐, 조금은 돌아가기는 하지만 그래도 어차피 악양부로 가는 길목이니까요. 그리고 말은 그렇게 했지만 형산파를 우리 편으로 삼을 수 있다면야 그렇지 않은 것보다 훨씬 나은 일이니까요."

"흠, 그렇군."

두 사람의 대화는 게서 끝났다. 그들은 조용히 술을 따르고 마시기를 반복했다.

사실 강만리의 머릿속은 지금 온통 악양부로 향해 있었다. 성도부에서 헤어진 십삼매의 이야기를 들어 보자면, 북해빙궁과 모용세가의 사람들이 때맞춰 악양으로 남하하는 중이라고 했다. 대충 시간을 따져 보니 보름 이전에 악양 일대에서 그들과 조우할 수 있을 것 같았다.

-황계 지부 사람들을 통해서 꾸준히 그들과 연락을 취할 거예요. 물론 오라버니들과도요. 그러니 악양 근처에 당도할 무렵이면 대략 만날 시간과 약속 장소를 정할 수 있을 거예요.

십삼매는 그렇게 말했다.
 강만리는 아직도 그녀의 도움을 받는다는 게 마음에 들지 않았지만 어쩔 도리가 없었다.
 '이제 얼마 남지 않았다. 그때까지만이라도.'
 강만리는 그렇게 생각하며 고개를 끄덕였다.

 -잘 부탁하네.

 그게 십삼매와 헤어지기 전에 나눴던 마지막 대화였다.

 3. 한순간의 일탈(逸脫)

 다음 날.
 아침 일찍 강만리 일행이 묵고 있는 별채에 손님이 찾아왔다. 아직 잠이 덜 깬 점소이 한 명을 대동한 두 명의 청의인(靑衣人)들이었다.
 청의무복(靑衣武服)에 청건(靑巾), 그리고 청색 수실이 놓인 검집을 지닌 무림인은 세상에 오직 하나, 형산파 제자들밖에 없었다. 어젯밤 술을 마시면서 담우천이 예견

한 바 그대로 형산파와 연락이 닿은 것이었다.

"손님들이 찾아오셨습니다."

점소이의 말에 기다렸다는 듯이 별채의 정문이 열리더니, 약관이 채 되어 보이지 않는 소년이 얼굴을 내밀었다.

일순 두 명의 형산파 사람 중 나이가 많은 이가 흠칫 놀라는 표정을 지었다. 그저 마주 보기만 했을 뿐이었는데 저 어린 소년의 전신에서 풍기는 기개에 하마터면 압도당할 뻔했기 때문이었다.

"형산파분들이시군요. 안 그래도 기다리고 계십니다."

소년, 담호는 정중하게 인사하며 형산파 두 제자를 객청으로 안내했다.

중년의 무사를 따라 객청으로 들어서던 젊은 무사가 뭔가 기대하는 눈빛으로 빠르게 객청을 둘러보았다. 이내 그의 얼굴에 실망의 빛이 스치고 지나갔다.

객청 탁자에는 세 명의 사내가 모여 있었다. 두 명의 중년인과 한 명의 청년이 바로 그들이었는데, 형산파 젊은 무사가 기대했던 여인의 모습은 어디에도 보이지 않았다.

그렇게 젊은 무사가 내심 실망하고 있을 때, 형산파의 중년 무사가 두 손을 모으며 인사했다.

"형산파의 최대종이 담 대협께 인사드리오."

두 중년인 중 나이가 더 많아 보이는 사내, 담우천이 차분한 어조로 인사를 받았다.

"오랜만이오, 최 대협. 그리고 황 소협."

최대종의 뒤쪽에 서 있던 젊은 무사가 황급히 고개를 숙이며 인사했다.

"오래간만에 뵙습니다."

"소개하지. 이분들은 형산파의 형산구검(衡山九劍)들인 형산뇌검(衡山雷劍) 최 대협, 그리고 형산천검(衡山天劍) 황은탁, 황 소협이라네."

담우천의 말에 강만리와 소자양이 잇달아 손을 모으며 자신들을 소개했다.

"담 형님의 아우인 강만리라고 합니다. 말로만 듣던 두 분 영웅을 만나게 되어서 영광입니다."

"강 사부를 모시고 있는 소자양이라고 합니다. 앞으로 많은 가르침 부탁드립니다."

뒤이어 담우천이 담호까지 소개했다.

"내 아들인 호라고 하오."

"담호라고 합니다. 강호는 초출에 가까운지라 아무것도 모릅니다. 많은 하교(下敎) 바랍니다."

일일이 답례하던 형산뇌검 최대종은 저도 모르게 고개를 끄덕였다.

'역시 호부(虎父) 밑에 견자(犬子) 없다더니……'

최대종은 그제야 왜 저 어린 소년의 기세와 투기가 남달랐는지 이해할 수 있었다.

인사를 마친 사람들은 곧 자리에 앉았다. 담호가 형산파 사람들을 위해 차를 준비했다. 그동안 강만리는 가만히 형산파 사람들의 행색을 살폈다.

자금난에 처했다는 것치고는 그들의 행색이 매우 좋아 보였다. 혈색은 물론 입고 있는 무복도 새것처럼 보였으며 신고 있는 가죽 신발도 깨끗하게 빛이 나는 것이, 돈이 없어 사냥으로 끼니를 때우는 문파의 사람들이라고는 도저히 생각할 수가 없었다.

이윽고 담호가 자리에 앉자 기다렸다는 듯이 최대종이 입을 열었다.

"일전에 담 대협께서 기부해 주신 물품들 덕분에 큰 곤란에서 벗어날 수가 있었소이다. 문파 제자들을 대신하여 진심으로 감사드리오."

일순 강만리의 눈썹이 꿈틀거렸다.

'기부라……'

최대종의 말은 계속해서 이어지고 있었다.

"지난 이삼 년간 담 대협의 명성이 천하에 울려 퍼지는 걸 똑똑히 듣고 있었소이다. 담 대협이나 동료분들에 관한 나쁜 소식이 들려올 때마다 우리는 직접 그곳으로 달려가 절대로 그럴 분들이 아니라고 변명하고 싶었소이다."

담우천과 강만리는 잠자코 그의 말을 듣고만 있었다.

"하지만 무림오적에 관한 소문은 더 이상 우리가 어떻게 관여할 수 없을 정도로 널리 퍼졌고, 그래서 애꿎은 속만 썩일 뿐 아무 조치도 취할 수 없었소이다. 정말 죄송하게 여기고 있소이다."

"최 대협."

강만리가 처음으로 입을 열었다.

"구질구질하게 말을 빙빙 돌릴 필요는 없습니다. 우리도 머리를 굴릴 줄 알고, 생각이라는 걸 할 줄 아는 사람들이니까요. 이왕 이렇게 마주 앉은 거, 단도직입적으로 말씀하시죠. 서로가 편하게 말입니다."

최대종의 표정이 살짝 굳었다. 그는 마음을 다잡는 듯 크게 헛기침을 한 후 천천히 입을 열었다.

"어젯밤 담 대협께서 이곳 유하촌에 당도했다는 소식이 전해진 후 본 파에서는 장문인을 필두로 긴급 회의가 열렸소이다. 이 년 전, 담 대협께서 제안하셨던 그 부탁에 관한 이야기 때문이었소이다."

언제나 무심하고 무표정하던 담우천의 눈초리가 희미하게 씰룩거렸다.

일순 그 모습을 본 담호는 저도 모르게 움찔거렸다. 아들인 담호는 부친 담우천이 지금 극도로 분노하고 있다는 사실을 모를 수가 없었다.

하지만 그런 사실을 알 리가 없는 최대종은 여전히 진지한 표정을 지은 채 계속해서 말을 이어 나갔다.

"새벽까지 이어진 수뇌부의 회의에서 나온 결과는…… 그러니까……."

나름대로 얼굴에 철판을 깐 채 이야기하던 최대종조차 그 대목에 이르자 차마 말을 잇지 못하고 머뭇거렸다. 마치 그런 최대종을 대변이라도 하듯이, 강만리가 낮게 가라앉은 목소리로 말을 꺼냈다.

"부탁을 들어줄 수 없다는 결론이 나왔겠군요?"

"그, 그렇소이다."

"뭐, 당연한 결론입니다. 천하의 공적인 무림오적을 도와주게 된다면 우리가 기부한 것들로 이제 막 기사회생(起死回生) 중인 형산파가 다시 바닥으로 꼬꾸라질 게 분명할 테니까요."

강만리는 일부러 '기부'라는 단어에 방점을 찍으며 그렇게 말했다. 최대종의 얼굴이 살짝 붉어졌다.

그러거나 말거나 강만리는 계속해서 말을 이어 나갔다.

"하기야 태극천맹을 탈퇴하고 구파일방의 자리에서 내려오게 된 후, 그 간판이라는 게 얼마나 중요한지 새삼 깨달았을 테니까요. 태극천맹과 오대가문에 대한 분노보다는 당장 먹고 입고 살아가는 게 급선무였을 테니까요.

다 이해합니다. 형산파가 어떻게든 다시 태극천맹으로 들어가고 싶어 할 거라는 것도, 또다시 한번 구파일방의 말석이라도 차지하고 싶다는 것도 충분히 이해합니다."

"너무 그렇게……."

최대종은 억지로 힘을 짜내어 말했다.

"우리를 너무 매도하지는 않으셨으면 하오이다."

"매도라니요? 귀하들의 상황을 이해하고 있다는 게 어찌 매도라는 겁니까?"

강만리는 좁쌀만 한 눈을 동그랗게 뜨며 말했다.

"외려 형산파는 우리를 태극천맹이나 오대가문에 팔아넘기지 않는 것만으로도 자부심을 가져도 되지 않겠습니까? 무슨 일이 있더라도 은인을 원수로 대하지 않는다는, 명문 정파의 자부심 말입니다."

최대종은 입술을 깨물었다. 젊은 황은탁은 고개조차 들지 못했다.

담우천이 '기부'했던 물품들은 곤궁에 처했던 형산파에게 매우 큰 도움이 되었다. 최소한 은자 백만 냥이라고 했던 그것들이 은자 삼백만이라는 거액으로 팔렸던 것이었다.

형산파는 과거의 실수를 되풀이하지 않았다. 돈이 있다고 해서 흥청망청 쓰는 어리석음을 저지르지 않았다. 영

원히 계속해서 후원금이 들어올 거라고도 생각하지 않았다.

그들은 은자 삼백만 냥으로 유하촌을 비롯한 형산 일대의 마을에서 주루와 객잔을 사들였다. 심지어 이곳 유하객잔도 이제는 형산파의 것이었다.

그렇게 매달 들어오는 안정적인 수입 중에서 일부분을 떼어 형산파의 생활비로 사용하는 한편, 대부분의 수입은 새로운 건물이나 토지를 사는 등 재투자에 쏟아부었다.

이 년이 지난 후, 이제는 형산파도 먹고 쓰고 남은 돈만으로 재산을 축적할 수 있을 정도로 안정된 수익을 보게 되었다.

상황이 그렇게 바뀌자, 오대가문과 태극천맹에 대한 분노와 증오보다 다시 자신들의 명성을 되찾고 싶다는 욕구가 강해졌다.

지금 강만리의 말마따나 구파일방 중 하나라는 간판이 얼마나 중요한지 알게 된 것이었다.

그러니 태극천맹과 오대가문이 정식으로 무림의 공적이라고 적시(摘示)한 담우천 일행과는 절대 손을 잡을 수가 없었다. 행여 그들을 도왔다는 소문이라도 난다면 겨우 일어선 형산파의 미래가 얼마나 처참하게 될지 명약관화(明若觀火)했다.

그래서였다.

"체면과 의리가 우리를 먹여 살리는 게 아니오."

형산파의 당대 장문인, 형산검존(衡山劍尊) 모태진은 엄숙하게 말했다.

"형산파가 다시 재기하여 무림의 당당한 일원이 되기 위해서라면, 한순간의 일탈 정도는 어쩔 수 없다고 생각하오. 그러니 담 대협, 아니 공적(公敵) 담우천에 관한 이야기는 없던 것으로 하겠소."

회의 석상에 앉아 있던 십수 명의 노인 중 누구 하나 그의 말에 반박하는 이가 없었다.

그들 또한 따뜻한 밥에 기름진 고기와 형산대곡 한 잔이 얼마나 소중한지 새삼 깨닫고 있던 참이었으니까.

"담우천에 대한 의리는 우리가 직접 그들을 사로잡지 않는 것으로, 그리고 태극천맹이나 오대가문에게 정보를 전하지 않는 것만으로도 충분히 다했다고 생각하오. 그것으로 담우천과의 인연을 끊기로 합시다."

형산검존의 말에 모든 이가 찬성했다.

그것이 최대종의 말과는 달리 겨우 반 시진 만에 끝난 비상 회의의 전모(全貌)였던 것이었다.

(무림오적 73권에서 계속)

환상이 숨쉬는 공간 파피루스 blog.naver.com/gnpdl7

서생, 제갈현몽은 꿈을 꾸었다
무와 협이 아닌, 마법과 모험이 공존하는 신세계를!

『무림 속 마법사로 사는 법』

제갈세가 방계 중의 방계로서
표국의 문사로 일하던 제갈현몽

꿈에서 깸과 동시에 마법을 깨우치고
비범한 활약을 통해 명성을 떨치며
감당하기 힘든 별호를 얻게 되는데

"무후재림께서 오셨다! 무후재림 만세!"
"앗…… 아아……."

세상은 영웅을 원하고, 출사표는 던져졌다
고금제일의 마법사, 제갈현몽의 행보를 주목하라!

김형규 신무협 장편소설